pulp
master

Angelo Petrella ist 1978 in Neapel geboren. Nach Aufenthalten in Rom, Siena und Paris lebt er heute als Journalist, Drehbuchautor und Schriftsteller in Arezzo. In Italien sind erschienen: Cane rabbioso [Tollwütiger Hund] (2006), Nazi Paradise (2007) und La città perfetta [Die vollkommene Stadt] (2008).
Website: http://www.myspace.com/angelopetrella

ANGELO PETRELLA

NAZI Paradise

pulp master

pulp master
Band 29

Erschienen bei PULP MASTER, Berlin

Deutsche Erstausgabe
Erste Auflage 2010
Titel der italienischen Originalausgabe:
Nazi Paradise

Herausgegeben von Frank Nowatzki
Übersetzt aus dem Italienischen von
Bettina Müller Renzoni
Redaktion: Angelika Müller,
Heinz Scheffelmeier, Ute Nowatzki
Cover: 4000
Foto: Diana Coccos (2006)
Umschlaggestaltung und Layout: MM-Grafomat
Druck und Verarbeitung: NORHAVEN, DK-Viborg

ISBN 978-3-927734-43-2

Bibliografische Information Der Deutschen Bibliothek.
Die Deutsche Bibliothek verzeichnet diese Publikation in der Deutschen Nationalbibliografie; detaillierte bibliografische Daten sind im Internet über http://dnb.ddb.de abrufbar.

www.pulpmaster.de

WIE ES SICH ANFÜHLT, NAZI ZU SEIN

Eine thematische Annäherung von Thor Kunkel

»Prinz Harry erschien im Nazi-Kostüm!« – »Harry der Nazi!« Selten zeigte sich das britische Boulevardblatt *The Sun* über einen Tabubruch so brüskiert wie im Januar 2005: Harry, der zweite Sohn von Lady Di und Prinz Charles, war auf einem Kostümfest in Uniform mit Hakenkreuzbinde erschienen – ein *Fashionstatement* mit drastischen Folgen. Wochenlang wurde der Provokateur von den Medien deshalb an den Pranger gestellt. Selbst ein früherer Pressesprecher der Queen rügte den 19-Jährigen als »unglaublich dumm und arrogant«. Und das war noch die harmloseste Attribuierung. Doug Henderson, der ehemalige Staatssekretär im Verteidigungsministerium, stellte fest, *Trouble Harry* habe sich mit seinem Aufzug »für die Offizierslaufbahn an einer Eliteakademie restlos disqualifiziert!« Selbst die Jüdische Gemeinde in Großbritannien disste den Prinzen. Dessen Maskerade zeuge im Vorfeld des nationalen Holocaust-Gedenktages von »schlechtem Geschmack«.

Wie es dagegen einem ausgemachten »Ketzer« ergeht, hatte ich – etwa sechs Monate vor Harry und mehr als drei Jahre vor Angelo Petrellas *Nazi Paradise*, dem diese Annährung gilt – selbst erfahren: Mein Roman *Endstufe* – von Kritikern als »Orgie der Geschmacklosigkeit«[1] bezeichnet – wurde im Land der Denunzianten zum Riesenskandal. Selbst die *New York Times* bekam Wind von der Sache und schickte mir einen Reporter. Trotz-

---

[1]Berliner Morgenpost, 29.3.2004

dem Pech: Wer die von Kulturfunktionären bewachte Zone des III. Reiches betritt und Deutungshoheiten negiert, der kann schnell in eine bestimmte Suppe geraten – »die Nazi-Suppe«, wie Thomas Bernhard in seinem *Deutschen Mittagstisch* schrieb: »In jeder Suppe findet ihr Nazis ...« Und dabei hatte ich mich gar nicht mal als Nazi verkleidet, sondern nur einen »Schleimtropfen« – so ein ehemaliger Rowohlt-Lektor – unter die Lupe genommen. Mein Roman zeigte die Nazis als Paten des Raubtier-Kapitalismus, als Furien einer missglückten Aufklärung, als moderne, sittlich gebrochene Römer, deren größte Sorge es war, von den Beutezügen zu profitieren. In diesem amüsiermäßig organisierten Beziehungsgeflecht – Eugène Sue hätte wohl von »schrecklicher Verderbnis der im Überfluss Lebenden« gesprochen – galt die NS-Ideologie nur als »Furzidee«, das allzu menschliche Begehren bestimmte den Kurs. Man war unpolitisch-indifferent und auf der sicheren Seite im Verwertungskreislauf der Diktatur. Die Frage eines Schuldgefühls kam gar nicht erst auf. Das Regime wurde nicht als Zivilisationsbruch begriffen, sondern als Fortschritt. Später – nach '45 – nahmen die progressiveren Amerikaner den Nazis das Blatt aus der Hand. Den Aufstieg zur Weltmacht verdanken die USA nicht zuletzt ihrer technologischen Überlegenheit und geo-faschistischen Außenpolitik. Diese Parallelen zwischen deutschem und amerikanischem Grossmannstum konnte kein Mensch übersehen. Und doch fühlten sich die meisten der Rezensenten von der »horrorfilmartigen Innenperspektive eines Systems, das sonst immer nur aus der Perspektive der Opfer geschildert wird«[2] gelinde gesagt

[2] Büchertalk, 12.5.2004

überfordert. Wirren Verrissen folgte die cliquenhafte Ächtung durch die Pappnasen der schriftstellernden Gutmensch-Fraktion. Der Versuch, mein literarisches Werk zu entrahmen, scheiterte zuletzt am Votum der Leser. *Endstufe* landete auf der Bestsellerliste. Als der Roman im Frühjahr 2006 in Italien unter dem dezenten Titel *Pornonazi* erschien, wurde er von allen überregionalen Tageszeitungen sogar in den höchsten Tönen gelobt. Die Kritiker amüsierten sich über die feigen Zensurgebaren ihrer deutschen Kollegen. Und die wurden plötzlich ganz still und sind es bis heute. In Italien sieht man die Sache mit Adolph Chicklgroover eben nicht ganz so eng. Immerhin, die Enkelin des Duce, eine neofaschistische Politikerin, vertritt ihr Land seit 2007 im Europa-Parlament. Und ja, ich habe bis dato noch keinen Italiener getroffen, der sich für die Vergangenheit seiner Nation schämt. Warum auch? Das bestialische Grundmuster des Lebens hat sich bis heute nicht im Geringsten verändert. Und damit sind wir endlich bei Angelo Petrella, der unverschämt aus dem Kopf eines jungen Nazis erzählt und sich einen Dreck um die deutsche Nazi-Suppe und das ewige Auslöffeln kümmert!

Gewiss, zwischen *Nazi Paradise* und *Endstufe* liegen Welten, doch stellen beide einen Bezug zur Gegenwart her. Petrella hat schon gar nichts mit der alten Nazi-Hölle am Hut. Es geht ihm ausschließlich um die Nazis von heute, die – vom Standpunkt der Evolution aus gesehen – so kümmerlich sind wie die Vögel verglichen mit ihren Vorfahren, den Dinos. Kein Zweifel, Petrellas Nazi ist ein Degenerierter, ein *low-life*, ein allseits diskriminierter Weißer, der den Angriffen seiner Umgebung schutzlos ausgesetzt ist. Wir werden Zeuge eines Spießrutenlaufs.

Entstanden ist ein verstörend ehrlicher, kruder Roman, dem zweifellos ein Ehrenplatz in der Bad-Taste-Enzyklopädie zuteil werden wird: Die Geschichte kreist im Kern um einen namenlosen Hacker im Chaos der Müllstadt Neapel, die sich von Downtown L.A. oder den französischen Banlieues nur durch Lokalkolorit unterscheidet. *Game over*, allgegenwärtig. Die Welt, soweit man sie jenseits der Müllberge sieht, ist ein einziges Ghetto, ein Affen-, Armen- und Irrenhaus, der Namenlose nur ein Paria unter vielen, der sein Leben hier fristet. Wobei er sich doch nicht so leicht einordnen lässt ... Ein Skinhead ist er, kein strammer Nazi, ein Cyberpunk und kein Ewiggestriger, ein Rebell und kein Anpasser, ein aufgeweckter Typ und kein Skizo. Doch im Unterschied zu Prinz Harry meint es dieser sympathische Unsympath durchaus ernst: Sein Antrieb zu prügeln & pöbeln heißt Abscheu vor einer aus seiner Sicht lebensunwerten und »abartigen« Welt, die von alternativ-bürgerlichen Freaks erbaut wurde, die nun Teil des Establishments sind. So wie Neapels Regionalpräsident Antonio Bassolino, auch der »rote König« genannt. Seit über zehn Jahren geht in der Stadt nichts ohne den Exkommunisten und heutigen Linksdemokraten. Petrellas durchaus intelligenter *sottoproletario* hasst Typen wie ihn – linke Bonzen und ihre Entourage, die »Antifatzkes« und emanzipierten Frauen, die er absurderweise als »Judensäue« beschimpft. Am meisten ist er allerdings von latentem Selbsthass getrieben. Dementsprechend ätzend ist seine Sprache, die aus ihm ein noch größeres Monster macht als die prekären Charaktere, mit denen er täglich verkehrt, sei es nun der korrupte Bulle Montale, der »Nano-Gnom« oder Pitbull-

Halter Teschio, der seine Hunde mit XTC tunt. So eine Umgebung kann deprimieren, Petrella zeigt uns ohnehin eine Welt ohne Liebe. Nicht mal der Cybersex mit Luder 27 tröstet darüber hinweg, die vermeintliche Wahrheit ist allzu oft nur eine zynische Brechung der Lüge. Dem Skin ohne Namen bleibt allein die Gewissheit eines neuen, von Montale erteilten Auftrags in der unheimeligen Welt des linken Bonzen-Milieus, dessen Doppelbödigkeit ziemlich morbide Szenen erzeugt. Zuweilen liest sich das alles wie eine Mischung aus Benjamin Lebert und Stuckrad-Barre, beide auf Droge und in ein undurchsichtiges NPD-Wahlkampfmanöver verstrickt, was nicht ganz so schlimm sein muss, wie es klingt. Fast beängstigender sind die Zwischentöne dieses Romans, der oft Verständnis für den Blickpunkt des Nazis aufkommen lässt: Sind das nicht alles Gangster und »Volksschädlinge«, die heutzutage auf der Regierungsbank sitzen (nicht nur in Italien mag diese Frage erlaubt sein)? Was unterscheidet deren Multikulti-Bio-Kompost-Jux-mich-sonstwo-Gesellschaft noch von einem sinkenden Schiff, auf dem die Ratten nicht flüchten, sondern frech am Steuerrad drehen? Der Roman verströmt einen zutiefst misstrauischen Geist in alles, was sich noch Obrigkeit nennt.

Doch Petrella fühlt und schreibt nicht als Advokat einer rechten oder gar rechtsradikalen Gesinnung, er schreibt als Sprachorgan einer Randexistenz, die sich dem sozialdarwinistischen Endspiel des Spätkapitalismus auf listige Weise entzieht. Denn der Nazi, den er uns präsentiert, weiß wenig vom historischen Faschismus, seine Schimpfkanonaden gegen Schwarze und Ausländer beruhen nicht etwa auf einer am alten Kaiser-Wilhelm-

Institut erworbenen rassistischen Weltsicht, sondern auf jenen unangenehmen Erfahrungen, die man heutzutage in Großstädten mit Leichtigkeit macht. Und wäre es nicht eine geradezu geniale Überlebensmasche in einer Welt, deren Zumutungen man nicht länger erträgt, selbst zum Monster zu werden, sich freiwillig zu deklassieren – zum anrüchigen und verhassten »Nazi-Beast«? *Fear is a man's best friend*, also Finger weg von der Glatze! Unter dieser Prämisse wird aus dem Skinheil! skandierenden Cyber-Hooligan eine tragikomische Figur, deren Weg in die selbstgewählte Isolation exemplarisch für die meisten Misfits der Spass-Gesellschaft sein dürfte

Angelo Petrella schreibt »ohne Filter« und er zeigt Mut. In dieser Hinsicht ist der 1978 geborene Italiener ein echter Pulp-Fiction-Autor, der ein gehöriges Maß an Sympathie für den Teufel aufbringt. Er tanzt seinen Mussolini, tanzt ihn so sicher, als hätte er sein Handwerk bei Curzio Malaparte gelernt. *Nazi Paradise* wird trotzdem kein Skandalon werden, dazu ist Petrella zu wenig Ketzer und sein namenloser Held einem linksautonomen Globalisierungsgegner zu ähnlich. Damit ist die deutsche Nazi-Suppe nämlich gründlich versalzen und mögliche Unkenrufe der feuilletonistischen Zubläser dürften sehr schnell wieder verstummen. Schade eigentlich, denn *Nazi Paradise* ist nicht nur ein lesenswerter Roman, sondern auch ein Tritt in den Arsch der deutschen Sprachpolizei!

Thor Kunkel
18. 9. 2009,
Villa San Remigio, Verbania, Italien

NAZI
Paradise

Was wird aus Personen des Mittelstands oder des Großbürgertums, wenn sie ins Ghetto einfallen, weil ihnen die Sache Spaß macht? Sie werden zu Ungeheuern.
Huey P. Newton

From: SkinNewsNeapel (SN@frontskin.org)
Date: 04.16.2002 16:54
Newsgroup: newsna.skin.group

NEWS – Wieder einmal Gerüchte über eine interne Untersuchung: Ein Polizeipräsident und ein Kommissar sollen in dubiose Geschäfte – Drogen und Geldwäsche – verwickelt sein. Namen sind noch keine bekannt, aber die Typen werden bestimmt demnächst eingebuchtet. In den nächsten Tagen werden wir erfahren, was dahintersteckt.

NEWS – Am 22. im Stadion San Paolo das Spiel gegen Messina. Verschärfte Sicherheitskontrollen: Wegen befürchteter Zusammenstöße haben Bullen und Carabinieri Verstärkung angefordert.

TERMINE – Gedenkfeier vom 30. April/1. Mai: Aufgebot aller Kameraden der Front Skin Neapel zwecks Organisation der Veranstaltung. Einzelheiten in den nächsten News.

WICHTIG – Persönliche Info für den Kameraden Teschio: Dein Scheißköter hat am PC die Maus zerbissen. Wenn du ihn noch mal in die Front mitbringst, reiß ich euch beiden die Eier ab. Skin Heil!

Dieser Niggerarsch hat vor ein paar Tagen Attaks Braut blöd angemacht. Eine Tussi, die glaubt, bloß sie bringt's. Wenn die nicht Attaks Braut wäre. Kackschlampe. Doch Attak ist ein Kamerad und ich muss ihn respektieren. Außerdem, wenn der Neger sie blöd angemacht hat, hatte sie schätzungsweise auch ihren Teil dran. Und ich kapiere nicht, warum man immer auf den Typen losgehen muss, der deine Braut blöd anmacht, und nicht auf sie, die vielleicht eine Riesenschlampe ist. Egal. Attak ist ein Kamerad. Und jetzt sollen wir das Negerdreckloch cracken und dem Typen den Arsch aufreißen. Es heißt, er ist zwei Meter groß und dementsprechend wird sein Schwanz sein, stelle ich mir mal vor. Nicht, dass ich Schiss hätte. Aber es erinnert mich an die alten Balilla-Hefte über die Wilden in Afrika, wo drin stand, dass die Neger dich bis aufs Blut ficken, wenn sie dich erwischen. Da bist du dann wortwörtlich am Arsch.

Da sind wir nun, in Soccavo, ich und vier weitere Kameraden. Attak steht vor uns und seine Halsvenen treten hervor. Scheiße, das sieht nicht gut aus, er hat Lust, jemanden fertigzumachen. Nicht, dass mich das kümmern würde, aber am Sonntag ist das Spiel und wenn sie mich heute festnehmen, kann ich nicht ins Stadion. Und wenn ich nicht ins Stadion kann, bin ich die ganze Woche stinksauer. Kurzum, wenn ich hier auch nur einen Bullen sehe, dann scheiß ich auf dich, Attak, und auf den Neger und auf die Schlampe, und haue ab.

Attak lässt dauernd die Kette kreisen und ein Skin, den ich nicht kenne, einer aus Palermo glaube ich, der in Neapel untergetaucht ist, weil er im Stadion Scheiße gebaut hat, sagt irgendwas zu ihm im Stil von: Mann, hör schon auf mit der verdammten Kette. Ich muss das Lachen unterdrücken. Ich rufe Sieg Heil und Attak bricht die Tür auf. Türen aufbrechen kann Attak echt gut, aber manchmal übertreibt er. Er ist einer von denen, die ein Programm ohne Debugging schreiben und dann den Quellcode nicht mehr finden. Anders gesagt, ein Idiot, obwohl er wahrscheinlich keine Ahnung hat, was Debugging und Idiot bedeuten.

Scheißegal. Attak bricht die Tür auf und wir sind drin. Von Bullen und Sirenengeheul keine Spur, da hockt nur ein Neger mit Negerkrause, raucht mit einer Chinesin einen Joint und sagt, Leute, wo glaubt ihr eigentlich, dass ... Er kann den Satz nicht beenden, weil ihm die Kette ins Gesicht schlägt. Der Neger kippt um. Ein geiles Bild, der Joint steckt noch immer zwischen seinen Lippen, ist aber jetzt blutrot. Die Chinesin schreit, die Faschos, die Faschos. Der Mafioso aus Palermo sagt, ach was, Faschos, wir sind Skinheads. Ich lache. Auch der Neger am Boden lacht. Alle Achtung. Schade, dass er in Kürze einen eingeschlagenen Schädel haben wird. Aber jetzt kommen drei weitere Typen daher: zwei Weiße und ein Neger. Drei gegen fünf. Verdammtes Kommunistenpack. Doch wir sind bewaffnet.

Die Chinesin flieht in ein anderes Zimmer und schreit immer noch. Der Mafioso und ich nähern uns den beiden Weißen. Attak geht auf den Neger los und streckt ihn nieder, tritt ihm ins Gesicht und in den Magen. Die beiden Weißen wissen nicht, was tun. Der

Mafioso amüsiert sich, tut so, als wolle er dem einen eine runterhauen, während ich ihn mit dem Messer in Schach halte. Was wollt ihr, sagt er. Ich sage, nichts. Scheißarschlöcher. Der andere Weiße versucht, mir das Messer wegzureißen, bekommt aber im Gegenzug einen Kettenhieb ans Knie. Attak schlägt immer noch auf den Neger ein und fragt, wo ist Abdul? He, wo ist der Arsch, wie auch immer er heißt, du Scheißnigger? Da spüre ich einen Schmerz im Bein. Und höre einen Schuss. Oder umgekehrt. Ich weiß nicht mehr. Nur Stille, die ewig dauert. Dann sagt Attak oder der Mafioso, weg da, verdammt, die Schlampe hat eine Knarre. Die Kameraden hauen ab. Scheiße, die Kameraden hauen ab und ich bin da. Liege am Boden und spüre die Schuhsohlen der Neger, die nach mir treten. Ihre Fäuste, die sie mir in den Magen boxen. Mein Schädel explodiert. Ich sterbe. Dunkel.

*

»... einen Job musst du noch erledigen. Nur einen. Dann bist du frei.«

»Nur einen?«

»Nur einen.«

»Und wann?«

»Nächsten Donnerstag«, sagt der Bulle.

»Also in fünf Tagen.«

»Ja.«

»Mmmh.«

»Wie bitte?«

»Ich habe nachgedacht.«

»Was du nicht sagst. Das war kein Vorschlag, sondern ein Befehl. Wenn du's nicht tust, wanderst du direkt zum Staatsanwalt. Und ich kann dir versichern, dass der zuständige Richter nicht viel Verständnis aufbringt für eure Nazischeiße. Du kommst direkt hinter Gitter. Aber vielleicht gefällt's dir sogar in Poggioreale. Du wirst einem Camorrista zugeteilt, der seit zwölf Jahren dort Knast schiebt, und leistest ihm etwas Gesellschaft. Von ihm kannst du einen Haufen Dinge lernen, zum Beispiel beim Hofgang dealen oder Wäsche aus der Wäscherei klauen. Aber dafür musst du ihm dankbar sein, er ist immerhin einer, der etwas zu sagen hat, und du solltest ihn nicht reizen. Der Camorrista wird dich um kleinere Gefälligkeiten bitten. Erst sollst du ihm einen runterholen, und das kotzt dich an, aber du tust es. Dann sollst du ihm ab und zu einen blasen. Du bist immer wieder auf seine Gunst angewiesen, wenn du einen Besuch deines Anwalts brauchst zum Beispiel oder Geld oder Schutz vor den Anarchopunks, die dich fertigmachen, oder vor den Negern, die dir den Arsch aufreißen wollen – und glaub mir, von denen gibt's eine ganze Menge in Poggioreale. Und er wird verlangen, dass du die Hose runterlässt, und du wirst zu dem Schluss kommen, dass es besser ist, von einem gefickt zu werden, der dich im Gegenzug beschützt, als von den Negern. Solltest du dich weigern, haut er dir erst die Fresse ein und reißt dir trotzdem den Arsch auf. Und nach zehn Jahren – oder vielleicht sechs oder sieben, weil du nicht vorbestraft bist – kommst du nach Hause, mit einer zerschlagenen Fresse und einem ausgefransten Arsch, gegen den die Blaue Grotte von Capri ein Nadelöhr ist. Zurück zu deinen Nazifreunden in der Front, die natürlich Bescheid wissen über deine kleinen Abenteuer.«

Der Bulle ist mit seiner armseligen Geschichte höchst zufrieden. Arschloch. Auch sein hochgewachsener Kollege mit Spitzbart neben ihm lacht. Sie stehen da und scheinen sich köstlich zu amüsieren. Sie wissen nicht, dass ihre Frauen zu Hause gerade von einem Neger gevögelt werden. Was glauben die eigentlich, mit wem sie es zu tun haben? Ich darf nicht vergessen, ihre Konten zu cracken und abzuräumen. Vollidioten.

»Rührende Geschichte. Ich bin tief bewegt«, sage ich lächelnd.

Die beiden lachen immer noch und tun, als ob sie mich nicht hörten.

»Doch eins verstehe ich nicht, Signor Commissario«, fahre ich fort, ohne sie anzuschauen, weil ich sie reizen will, »finden Sie sieben Jahre nicht etwas übertrieben für eine Schlägerei mit zwei Negern, die mit großer Wahrscheinlichkeit sowieso illegale Einwanderer sind?«

Die Bullen hören auf zu lachen. Der Spitzbart wendet sich an seinen Kollegen:

»Schlägerei? Wer spricht von Schlägerei? Montale, weißt du etwas von einer Schlägerei?«

»Nein, ich weiß von keiner Schlägerei.«

»Von welcher Schlägerei sprichst du?«

Was soll das heißen, verdammt noch mal, welche Schlägerei? Weswegen bin ich denn festgenommen worden? Und dieser Idiot heißt auch noch Montale. Die beiden Schwuchteln wollen mich verarschen.

»Ach so, jetzt verstehe ich«, sagt er, »du meinst den Vorsteher der nigerianischen Gemeinschaft in Neapel, Rechtsanwalt Abdul Abu Jadhen, der zusammengeschlagen wurde ... Keine Bange, er wird kein Strafverfahren anstrengen ... Er wird nur eine Schadenersatzforderung an dich stellen, sagen wir zehn-, zwanzigtausend Euro. Aber keine Strafanzeige, sei unbesorgt. Nein, ich wollte über etwas ganz anderes mit dir sprechen. Zwei Banküberweisungen und überzogene Konten bei der Bank Monte dei Paschi di Siena. Seltsam, dass ein Knabe wie du Überweisungen über zwanzigtausend Euro vornimmt. Seltsam, weil es nicht deine Konten sind. Sie lauten auf einen gewissen Signor ... Signor – wie zum Teufel hieß er noch mal?«

»Delieto ... Signor Delieto hat zwei Konten, Nr. 753890 und Nr. 753226, bei der Monte dei Paschi di Siena. Und, welch ein Zufall, unser Nazifreund erhält am Zweiten dieses Monats zwei Überweisungen von den Konten des Signor Delieto in Höhe von insgesamt zwanzigtausend Euro. Seltsam, denn Signor Delieto erinnert sich nicht, irgendjemandem etwas überwiesen zu haben. Stimmt's?«, wendet er sich an mich.

Scheiße. Wie haben die ...

»Natürlich stimmt's«, sagt der andere Bulle. »Wer ist denn dieser Signor Delieto? Hast du etwas gegen ihn? Der Name sagt dir nichts?«

»Nie gehört«, sage ich.

Die beiden bluffen. Irgendein Arsch von der Bank muss ihnen Daten zugespielt haben.

»Das Spielchen ist uralt«, sage ich. »Persönliche Daten unterstehen dem Datenschutzgesetz und wenn ihr keine richterliche Verfügung habt – und die habt ihr nicht –, macht ihr euch strafbar, ihr und der Penner von einem Bankangestellten, der euch die Infos über mein Konto gegeben hat.«

»Sieh mal einer an, nicht auf den Kopf gefallen, unser Nazibürschchen«, sagt der Arschlochbulle, ich meine, sagt der stehende Arschlochbulle, denn Arschlöcher sind natürlich beide. »Bravo. Wir sind beeindruckt, nicht wahr, Montale? Da sitzen wir ja ganz schön in der Klemme. Wie sollen wir dich denn jetzt drankriegen? Wer konnte auch ahnen, dass einer wie du das Datenschutzgesetz kennt ... Was du nicht alles kennst. Sicher kennst du auch einen Haufen Leute. Sagt dir zum Beispiel der Name Heinrich Heinemann etwas?«

Heinemann? Wie ...

»Erinnerst du dich nicht an deinen Freund Heinrich Heinemann?«

Aber...

»Du kennst ihn vielleicht eher unter dem Namen Headlock?«

Scheiße.

»Ist schon merkwürdig. Denn die beiden Überweisungen auf dein Konto wurden am 2. April vorgenommen, genau an dem Tag, an dem du dich über den Proxy-Server als Heinemann eingeloggt hast ... genauer gesagt als Dr. Heinrich Heinemann, auch bekannt unter dem Namen Headlock, richtig?«

»Ui, ui, ui! Montale, jetzt ist er sprachlos, unser Naziskin«, sagt der stehende Bulle.

Hurensohn. Headlock. Verdammter Hurensohn.

»Ach, er ist wahrscheinlich in Gedanken versunken, brütet darüber, dass sein Freund ihn verraten hat. Beruhige dich, er hat es nicht absichtlich gemacht. Dein Freund hatte eine Website, die wegen Verletzung des Copyrights gelöscht wurde. Und als sie ihn deswegen vernommen haben, hat er Schiss bekommen und alles über den Server ausgeplaudert, hat sämtliche Namen geliefert. Der hat sich sein eigenes Grab geschaufelt. Der Trottel hat gedacht, man will ihn wegen der Kohle einlochen, stattdessen war er dran, weil er Inhalte anderer Websites kopiert hat. So ein Idiot. Diese ganzen Anarchos- und Nazi-Websites kopieren doch ständig, eine von der anderen.« Der Bulle lacht sich scheckig.

Nun, das ändert nichts. Hurensohn oder nicht, ich bin geliefert.

»Um auf dich zurückzukommen, du hast zwanzigtausend Euro auf deinem Konto. Du hättest sie verschwinden lassen können, aber hast dich zu sicher gefühlt. Idiot. Diesmal werden wir dich laufen lassen, aber du hast genau zwölf Stunden, um das Geld zurückzuschieben. Die Zeit läuft ab jetzt. Sieh zu, dass du einen sicheren Server findest. Wenn du irgendwelche Spuren hinterlässt, ist es dein Problem. Signor Delieto wird dich nicht anzeigen, er wird erfahren, dass es sich um ein kleines bankinternes Problem gehandelt hat. Und wir werden nichts gesehen haben. Natürlich nur, wenn du tust, was wir dir sagen. Andernfalls wanderst du direkt zum zuständigen Richter und erhältst bis zu sieben Jahre.«

»Und der Neger?«

»Nun, Rechtsanwalt Jadhen ist uns noch einen Gefallen schuldig. Tu, was wir dir sagen. Wir übernehmen unsern Teil.«

Ich tue, als würde ich mir die Sache überlegen. In Wirklichkeit bin ich geliefert. Besser gesagt, am Arsch.

»Wenn ihr so clever seid, warum erledigt ihr den Job nicht selbst?«

»Erstens geht dich das nichts an. Zweitens brauchen wir einen Hacker, du bist zwar ein Idiot, aber es heißt, du seist fit auf dem Gebiet. Drittens soll die Operation geheim bleiben. Was du tust, tust du auf eigene Gefahr, das muss wohl nicht extra erwähnt werden. Nennen wir diese Operation ... nennen wir sie ... Wie soll die Operation heißen, Montale?«

»Operation Paradise.«

»Gut, Operation Paradise. Gefällt dir der Name? Nun, dann tu, was wir dir sagen, und du bist ein freier Mann. In zwölf Stunden kontrollieren wir das Konto von Delieto. Sollte das Geld nicht drauf sein, kannst du dich bis zum Nordpol verdrücken, ein Eskimo-Bulle wird unter dem Packeis auftauchen und dir mit der Harpune den Arsch aufreißen.«

Ich bin definitiv erledigt. Mir wird klar, dass ich bereits akzeptiert habe. Verdammt, es passt mir nicht, dass ich mich von den Typen weichklopfen lasse.

»Wen wollt ihr eigentlich in die Pfanne hauen?«

»Einen, der uns nicht fehlen wird, wenn er nicht mehr da ist. Mehr brauchst du nicht zu wissen.«

»Und wie soll ich an den Typen rankommen?«

»Donnerstagabend gibt er eine Party. Auf Capri. Jemand wird dich dorthin bringen. Ein ... sagen wir, Verbindungsmann.«

»Einen Spitzel, meinst du?«

»Nenn es, wie du willst ... Eine unserer Informantinnen. Sie wird dich morgen kontaktieren und dir alles erklären. Und versuch keine faulen Tricks mit ihr.«

Jetzt ist es an mir zu lachen. »Ich soll mit 'ner Braut auf die Party?«

Das Bullenschwein läuft blaurot an. Und schlägt mir mit der Rückhand ins Gesicht. Verdammt, das habe ich nicht erwartet. Ich sage nichts mehr.

»Noch so eine Nummer und man wird deine Reste auf einer illegalen Mülldeponie finden. Ich rate dir zum letzten Mal: Mach keinen Scheiß, sonst garantieren wir für nichts. Ich weiß, was du denkst. Deine Kumpanen werden observiert. Und halte dich von der Demo nächsten Mittwoch fern. Und auch vom Fußballspiel morgen, haben wir uns verstanden?«

Ich antworte nicht.

Und ob ich morgen ins Stadion gehe!

»Hast du verstanden? Ich will ein verdammtes Ja hören!«, schreit der Bulle.

»Okay, okay«, sage ich.

»Du gehst mit unserer Informantin auf die Party und Freitagmorgen haben wir das Material«, sagt er. »Ich will nicht noch mal wiederholen, dass du keinen Scheiß bauen sollst, sonst – «

» – sonst wandere ich nach Poggioreale, alles klar.«

»So klar wie das Wasser im Golf von Neapel«, sagt Montale mit einem Kopfnicken.

»Was gleichbedeutend ist mit knietief in der Scheiße«, ergänzt der andere Bulle und lacht.

*

Und das alles wegen der verdammten Scheißneger. Vier gegen einen. Und dann reden sie von Rassengleichheit. Bastarde sind sie, allesamt. Mann gegen Mann hätten sie sich in die Hosen geschissen. Aber auch die Kameraden sind Scheißfreunde. Kaum hören sie die Sirene heulen, hauen sie ab und lassen einen bescheuerten Idioten wie mich mit gequetschten Rippen am Boden liegen. Ich habe noch immer Schrammen im Gesicht, und obwohl schon fast eine Woche vergangen ist, tut mir noch das Brustbein weh. Verdammte Scheißneger. Was soll ich jetzt machen? Erstens: Ich kann niemandem etwas erzählen, sonst fliegt die Tarnung auf ... Oh Shit, ich rede schon wie ein abgefuckter Privatdetektiv. Zweitens: Ich muss zunächst einmal dem Typen die Kohle zurückschieben und dann auf den Anruf der Informantin warten. »Operation Paradise«. Ach, leckt mich doch am Arsch. Von den Bullen verladen. Gezwungen, ihre Befehle auszuführen. Verdammt, wer hätte das gedacht. Außerdem ist nicht mal gesagt, dass die Scheißkerle mich nicht doch noch einlochen, ihr Wort zurücknehmen, wenn der Job getan ist. Ich meine, es ist früher auch schon vorgekommen, dass ich solche Jobs für gewisse Firmen oder so übernommen habe, doch dann gab es immer eine Abmachung mit Tarnvertrag und allem Pipapo. Jetzt dagegen habe ich nur das Wort von zwei Bullen, die jede meiner Bewegungen überwachen.

Um viertel nach zehn bin ich zu Hause. Ich nehme ein Blondes aus dem Kühlschrank, verschanze mich im Zimmer und trinke, während ich die Maschine boote. Als Erstes rufe ich die Website skinhead.org auf und stelle fest, dass die Domain tatsächlich gesperrt wurde. Sämtliche Seiten sind verschwunden. Headlock, der Volltrottel, hat sich austricksen lassen. Manchmal tut einer mehr, als tatsächlich nötig ist, und rennt ins eigene Messer. Idiot. Ich schau mich kurz auf ein paar anderen Sites um und sehe, dass sie eine Homepage nach der anderen sperren. Seitdem die islamischen Terroristen ihre Bekennerschreiben an die halbe Welt versenden, werden unabhängige Websites viel schärfer kontrolliert.

Ich brauche noch ein Blondes. Ich öffne das Bier und leere es fast in einem Zug, dann mache ich meine Zauberliste auf und suche mir einen möglichst schnellen und sicheren Proxy-Server. Ich logge mich ins Netz ein, gehe auf die Website der Bank und schiebe die Kohle auf das Konto des Baumpissers Delieto zurück. Bye-bye, zwanzig Riesen. Ich bin besoffen. Aber jetzt ist wenigstens der Pflichtteil erledigt, nun kommt die Kür. Ich surfe eine Runde im Netz und stoße auf die Website von Anarchofreaks (destroynow.org) mit einem 256-Bit-verschlüsselten Passwort. Idioten! Ich starte meinen Lieblingscracker, warte ein paar Minuten bis zur Entschlüsselung – und bin drin. Die Website ist voll von Artikeln gegen den Nazismus und die Kirche. Ich lösche hier und da etwas, bringe die HTML so durcheinander, dass die Contents nicht mehr richtig visualisiert werden, und schreibe irgendwelchen Stuss wie »Anarchos = Wichser« und »Hoch lebe der Duce!« dazu. Bevor ich mich auslogge, male ich ihnen noch ein Hakenkreuz auf die Homepage.

Um viertel nach zwei bin ich stockbesoffen. Keine Ahnung, wie viele Flaschen Bier ich getrunken habe. Ich schalte den Monitor aus und beschließe, eine Runde durchs Viertel zu drehen. Vielleicht treffe ich ja auf einen Neger und zerlege ihn, damit ich auf andere Gedanken komme. Oder eine Nutte. Oder noch besser, beides. Ich schlendere durch Spaccanapoli und betrete schließlich eine dieser stinkbürgerlichen Bars auf der Piazza del Gesù Nuovo in der Nähe des Gymnasiums Genovesi. Eigentlich will ich den Arschlöchern mein Geld nicht in den Rachen werfen, aber ich habe Hunger und um diese Zeit ist sonst alles geschlossen. Nun, ich bestelle also ein Brötchen mit Fleisch und Salat und ein Bier. Die Arschlöcher haben nur Dosen, was dem Bier einen Kotzgeschmack verleiht, aber okay, wenn's denn sein muss, sonst habe ich nichts zu trinken. Ich bin fast glücklich, ich meine, es ist seit langem das erste Mal, dass ich nachts unterwegs bin, und ich fühle mich gut. Um diese Zeit überkommt mich normalerweise immer die Lust, jemanden fertigzumachen, aber heute nicht, heute ist für mich alles okay. Gleichzeitig rotiert mein Hirn mit einer Geschwindigkeit von 1000 Gigahertz, und die Bullen samt Party am Donnerstag gehen mir nicht mehr aus dem Kopf. Wer weiß, wie diese Informantin tickt. Während ich nachdenke, trinke ich Bier. Meine Lippen brennen.

Letztes Jahr ging ich mal allein durch dieses Viertel nach Hause, als mir sechs, sieben Anarchopunks mit ihren Hunden, den Bongos und all dem Scheiß begegneten. Ich hatte meinen Laptop dabei und dachte, wenn die Kameraden jetzt bei mir wären, würden wir euch was husten, aber dann, nein, dachte ich, besser nicht, denn ich bin allein, zwar sind zwei Frauen dabei, aber immerhin sind es fünf Männer, die mir den Arsch aufreißen. Eine der Frauen kannte ich von der Schule, sie war bei den Schulbesetzungen die Schülervertreterin gewesen. In der Schule hatte sie sich ganz okay verhalten. Jetzt machte sie den Eindruck einer Pissgurke. Ich war also ganz friedlich und allein unterwegs, als einer von ihnen auf mich zukam und mich anschnorrte. Ich sagte, ich hätte kein Geld dabei, worauf er mich um eine Zigarette bat, und ich sagte, ich rauche nicht, verpiss dich. Doch der Typ ließ nicht locker, bemerkte meine Tätowierung auf dem Arm und sagte zu den andern: »Das ist ein Nazischwein«. Da ließen die Typen ihre Hunde stehen und kamen auf mich zu, und ich war geliefert, denn die fiesen Dreckskerle fingen an, mit den Lederriemen, die sie als Hundeleine benutzten, auf mich einzuschlagen. Ich versetzte einem von ihnen einen Fußtritt in die Fresse, aber sie waren immerhin zu fünft. Und diese Saftsäcke von Anarchopunks waren ganz schön fit. Und so lag ich dann am Boden und versuchte, ihre Schläge abzuwehren, während sie lachten und spuckten und weitermachten, bis die Frau, die ich kannte, sagte: »He, Jungs, weg hier, die Bullen kommen.« Das stimmte zwar nicht, aber sie behauptete es, um meinen Schädel zu retten, und während ich noch am Boden lag, verpissten sich die Hurensöhne. Der Laptop hatte zum Glück nichts abbekommen. Die Typen habe ich nie wieder gesehen, aber seitdem habe ich immer ein Messer bei mir, und falls mal wieder so ein Arsch daherkommt und mir ans Leder will, dann zeig ich's ihm.

Als ich nach Hause komme, ist es vier Uhr, und ich bin stocknüchtern. Der Spaziergang hat mir gutgetan. Ich setze mich vor die Maschine und überlege: Das eine, die Delieto-Sache, ist erledigt. Jetzt muss ich nur noch auf die verdammte Party gehen, den Hausherrn kennenlernen, seinen PC finden, die Maschine cracken und die Files der Harddisk kopieren. Die Sache schmeckt mir ganz und gar nicht, ich meine, ich habe keinerlei Garantien. Außerdem haben die beiden Bullen keinen Namen genannt. »Einer, der uns nicht fehlen wird, wenn er nicht mehr da ist.« Was mir auf den Sack geht, ist die Tatsache, dass ich zwei Drecksbullen in die Hand arbeite. Vielleicht sollte ich versuchen, an brenzliges Material über die beiden zu kommen, um mir damit den Rücken freizuhalten.

Ich tippe die Namen der Bullen in eine Suchmaschine ein, erhalte aber nur wenige Infos, finde einige Zeitungsartikel und ein paar gewerkschaftliche Vorstöße. Die Arschlöcher werden auch noch von den Gewerkschaften geschützt. Kettenhiebe auf die Eier, das würden sie verdienen. Das Bier ist alle und ich sollte besser schlafen gehen. Doch ich habe echt Lust, den beiden bei irgendwas Faulem auf die Schliche zu kommen. Die haben in ihrem Leben doch bestimmt irgendwann mal Scheiße gebaut, und irgendwo in einem Computerarchiv der Bullerei muss doch was zu finden sein. Letztes Jahr habe ich den Zugang zum Archiv der Carabinieri gecrackt, also dürfte das bei der Polizei nicht allzu schwer sein. Eine Hintertür im Intranet findet sich immer. Ich werfe die leere Bierflasche in den Abfallkorb und verbinde mich von Neuem mit dem Proxy-Server. Es vergeht eine ganze Weile, aber schließlich finde ich einen offenen Port. Um diese Zeit treibt sich immer ein Haufen Leute im Netz herum und die Firewall der Bullerei ist reiner Schrott. Über den Port versuche ich, auf das Intranet zuzugreifen. Der Server verlangt ein Passwort. Ich starte meinen Lieblingscracker, warte ein paar Minuten, doch es erscheint eine Fehlermeldung. Ich versuche es noch einmal. Wieder die gleiche Fehlermeldung. Ich gehe zum Log und lese. Ganz am Schluss steht: »Error: probable cause 2048+ bit encryption algorithm«. Algorithmus-Verschlüsselung mit 2048 oder mehr Bit.

Gottverdammt, das ist doch unmöglich! Nicht einmal die NASA hat so eine Verschlüsselung. Ich versuche es ein drittes Mal, aber das Ergebnis ist immer das gleiche. Verdammt, was soll der Scheiß? Neuerdings haben alle den Fimmel, ihre Passwörter mit einer Überverschlüsselung zu sichern. Ein Netzwerk einfältiger Bullen, geschützt mit einem 2048-Bit-verschlüsselten Passwort? Wenn ich Glück habe, brauche ich zwischen vier- und fünftausend Milliarden Jahre, um das Teil zu cracken, unter der Bedingung, dass der PC durchgehend angeschaltet bleibt. Gerade mal die Zeit, um aus dem Grab wieder aufzuerstehen, falls der Scheiß in der Bibel stimmt. Und dann ist noch nicht einmal gesagt, dass es funktioniert. Ähm ... nein, das ist definitiv übel. Scheiße. Ich schalte die Maschine aus und lege mich aufs Bett. Verschiebe die unangenehmen Gedanken auf morgen, denn ich weiß genau, dass ich sonst nicht schlafen kann, und morgen will ich ins Stadion.

Um fünf wache ich auf und kann nicht mehr einschlafen. Verdammt, ich wusste es. Das verschlüsselte Passwort und die Gesichter der lachenden Bullen gehen mir nicht aus dem Kopf. »Operation Paradise«. Die Arschlöcher. Fest steht, dass mir niemand helfen kann. Der Einzige, dem es je gelungen ist, am PC ein Passwort mit einer Verschlüsselung über 512 Bit zu cracken, war Memo. Der Superhacker! Aber ich bin nie an ihn herangekommen, nicht einmal beim Chatten, unter anderem, weil der Hurensohn ein Freak ist, wie es scheint. Man munkelt auch, ihm sei es zu verdanken, dass die Website von Microsoft letztes Jahr in Tilt ging. Rattenscharf, dieser Hurensohn.

Ich boote die Maschine, um eine Runde durch die Chatrooms zu drehen, einfach so, in der Hoffnung, dass mir dabei eine geniale Idee kommt. Ich logge mich ein und treffe gleich auf eine geile Schnecke. Dass sie eine geile Schnecke ist, kapiere ich sofort.

*

Session start: Sun Apr 28 2002 05:12:39

<Luder27-> ciao!
<DUX-> ...
<Luder27-> woher dieser herrische nickname, bist du anarchist?
<DUX-> ?redest du immer so geschwollen
<Luder27-> =)
<DUX-> ?was ist 27, deine punktezahl beim intelligenztest
<Luder27-> nein, das ist die anzahl arschficks deiner mutter, bevor sie kapiert hat, dass die kinder aus der möse kommen
<DUX-> ??glaubst du wirklich, einer mit namen Dux könnte anarcho sein?
<Luder27->...
<DUX-> ?bist du noch da?
<Luder27-> wieder freunde?
<DUX-> ok
<Luder27-> darf ich dir eine indiskrete frage stellen
<Luder27-> ?
<DUX-> ok
<Luder27-> was ist deine bevorzugte stellung?
<DUX-> sie unten, aber mit den beinen in der luft
<Luder27-> banal
<DUX-> na ja, so viel zum anwärmen...
<Luder27-> und dann?
<DUX-> doggy-style
-Luder27-> ZZZzzz schnarch
<DUX-> ok, überrasch mich
<Luder27-> ich mag es, mit verbundenen augen

gefickt zu werden
<DUX-> pathetisch
<Luder27-> ok, dann überrasch du mich
<DUX-> ?mit oder ohne toys
<Luder27-> ohne
<DUX-> ok, weißt du, wie ich's am liebsten habe
<DUX-> ?
<Luder27-> G2G, sorry, ich muss weg
<DUX-> aber sagtest du nicht

No such nick/channel
Session closed: Sun Apr 28 2002 05:47:42

Judensau. So sind sie alle, die Kackschlampen. Erst lassen sie dich dran riechen und das war's dann. »Bist du Anarchist?« Die Idiotin kennt noch nicht mal den Unterschied zwischen Gestank und Scheiße. Letztes Jahr habe ich mir beim Chatten mal einen runtergeholt und danach herausgefunden, dass die Schlampe ein Mann war. Aber er war echt gut, das muss man ihm lassen. Die verwichste Schwuchtel. Ich rege mich noch eine knappe halbe Stunde über die Frage der Tussi auf, dann merke ich, dass es Tag geworden ist, schalte die Maschine aus und lege mich ins Bett. Ich muss wieder an Memo und an das mit einer 2048-Bit-Verschlüsselung geschützte Netzwerk der Bullerei denken. Da drin würde ich mit Sicherheit hochinteressante Dinge finden, aber Gott weiß, wie der Code zu cracken ist. Gottverdammte Scheiße.

Am Nachmittag bin ich im Stadion. Es ist kalt in Fuorigrotta. Überall sind Überwachungskameras, aber das geht mir total am Arsch vorbei, sollen sie mich doch fassen. Die Treue zum Verein geht über alles. Bevor ich die Fan-Kurve betrete, kaufe ich eine Zeitung. Wie vorauszusehen war, steht da:

AUSSCHREITUNGEN IM STADION SAN PAOLO ERWARTET

Na prost Mahlzeit. Es sind sogar ältere Fotos abgebildet, die zeigen, wie die Bullen in der Fan-Kurve einschreiten. Ich blättere vor zu den Sportnachrichten, aber da gibt es nichts Interessantes. Als ich die Zeitung gerade zusammenfalten will, fällt mein Blick auf eine Schlagzeile auf der ersten Seite des Lokalteils:

HAUPTVERFAHREN GEGEN STELLVERTRETENDEN POLIZEIPRÄSIDENTEN MONTALE UND WEITERE FÜHRUNGSKRÄFTE ERÖFFNET. HAUPTBELASTUNGSZEUGE LIEFERT NEUE INDIZIEN

Verdammt.

Darum geht's also.

Um ihn.

Der Hurensohn hat sich in eine Scheißsituation manövriert und will mich mit hineinziehen. Ich könnte wetten, dass auch die Hacker-Szene etwas damit zu tun hat. Ich zerreiße die Zeitung und werfe sie auf eine Familie, die ein paar Stufen unter mir sitzt. Ich bin stinksauer – sauer auf die Bullen, sauer auf das Passwort mit der 2048-Bit-Verschlüsselung, sauer auf die Chatroom-Schlampe, sauer auf den Superhacker, sauer auf die verwichsten Fans des gegnerischen Vereins, die fortwährend ihre ätzenden Chöre singen.

Ich muss mich abreagieren, und Sachen in den Stadiongraben hinunterwerfen reicht diesmal nicht aus. Das Einzige, was mir einfällt, ist die Toilette. Ich gehe die Treppe hinunter und zum Glück ist niemand drin. Sich im Stehen einen runterholen ist unbequem. Ich setze mich auf die Kloschüssel, obwohl sie schmutzig ist, und hole den Schwanz raus. Auf der Wand rechts steht: »Es lebe die Apartheid und der Ku Klux Klan Tod den Negern Albanern Juden Slawen und Chinesen Kommunisten Schwuchteln Hoch lebe der Duce«, und etwas weiter unten: »Faschos Abschaum der Menschheit« und »Fascho aufgepasst du Arschfresse«, noch weiter unten finden sich rund dreißig Parallellinien und die Worte: »Wenn du den Schwanz magst, mach einen Strich«. Ich mache zwei Striche. Ich lache. Dann komme ich.

Beim 1:0 bin ich zurück in der Kurve. Es geht mir besser. Aber heute Abend muss ich noch mal alles überdenken. Die Kameraden johlen, als sie mich sehen, und rufen Sieg Heil, die Arschlöcher. Alle sind da: Jago, Attak, Teschio und die andern. Einzig der Mafioso fehlt. Wahrscheinlich ist er abgehauen und nach Mafia City zurück. Natürlich löchern sie mich gleich mit Fragen, und ich muss irgendwelchen Käse erfinden, damit sie nicht stutzig werden. Wir haben uns eine Woche nicht gesehen. Die Fan-Kurve beginnt zu singen »Ihr habt noch immer auf den Sack gekriegt«, und wir stimmen ein in den Chor. Attak strahlt. Ich weiß nicht, warum er so zufrieden ist, wo seine Braut es doch mit einem Neger getrieben hat. Und nachdem mich die Neger wegen der Braut fertiggemacht haben. Egal.

Das Spiel ist okay, noch zehn Minuten bis zum Ende der ersten Halbzeit und Reggina führt mit 1:0. Jago erinnert die Kameraden an die Gedenkfeier am Mittwoch. Er sagt, es werden alle Kameraden aus Neapel dabei sein und auch ein paar Parteifritzen. Ich sage, wenn ich so einen Parteifritzen sehe, polier ich ihm gleich mal die Fresse. Attak lacht und sagt, ich auch, und ein paar junge Skins klatschen Beifall. Ich hasse die Scheißpolitiker.

Während der Pause sehe ich, dass Teschio einen Pitbull an der Leine führt. Ich frage mich, wie zum Teufel er es geschafft hat, den Hund ins Stadion zu schmuggeln. Teschio hat eine Leidenschaft für Pitbulls: Vor zwei Jahren hatte er schon mal einen und ich mochte ihn. Er hieß Thor. Es war ein prächtiger Hund, ich meine, er hatte alles, was einen Hund prächtig macht – er war blitzschnell, treu und ein hervorragender Packer. Deswegen hatte Teschio ihn auch zum Straßenraub abgerichtet. Und das Vieh war besser als ein frisiertes Mofa. Den ersten Fernseher in der Front, nachdem die Penner ausquartiert worden waren, haben wir mit der Handtasche einer Frau erstanden. Das funktionierte so: Wir setzten uns an den Strand, bei der Strandpromenade an der Via Caracciolo, vorm Schloss, und der Hund blieb oben, auf dem Bürgersteig. Als Teschio ihm dann ein Zeichen gab – ich weiß nicht mehr, ob es ein Pfiff war oder was anderes –, rannte der Hund los und schnappte sich die Handtasche einer Frau zwei- oder dreihundert Meter vor ihm. Dann trabte er einen Kilometer bis zur Mole und wir machten uns in aller Ruhe auf den Weg und waren knapp zehn Minuten später bei ihm. Alles lief wie geschmiert. Perfekt. Wir mussten uns bloß jedes Mal eine neue Gegend aussuchen und mit dem Hund die Verhältnisse im neuen Gelände trainieren, und das konnte die Passanten schon etwas argwöhnisch machen. Einmal hielten uns tatsächlich die Bullen an, aber zum Glück hatte niemand Anzeige erstattet. (Wer geht schon zur Polizei und erklärt den Bullen, dass er so blöd war, sich von einem Hund berauben zu lassen?) Und so bekamen wir nur ein Bußgeld aufgebrummt, weil der Pitbull keinen Maulkorb trug.

Leider musste Teschio seinen Thor erschießen, weil der seine Schwester um ein Haar zerfleischt hätte. Ich meine, er hat ihn nicht wegen der Schwester erschossen (eine freakige Schlunze), sondern weil der Tierarzt meinte, der Hund sei vollkommen durchgeknallt, möglicherweise wegen schlechter Ernährung, Pitbulls hätten leider eine solche Tendenz, ebenso wie Dobermänner und Doggen. Scheiße, wir waren alle total down in der Front, denn Thor war berühmt für seinen Hass auf Neger, und wenn er Pennbrüder auf der Piazza San Domenico sah, biss er standardmäßig zu. Ich weiß natürlich, was wirklich abgelaufen ist. Der Hund ist nicht etwa wegen der Ernährung oder solchem Scheiß ausgeflippt. Teschio, der Arsch, warf sich standardmäßig Amphetamine rein, und an dem Tag bereitete er sich gerade sein Speed vor, als der Hund ins Zimmer kam, auf den Schreibtisch sprang und alles aufleckte. Mann, der hat doch tatsächlich das ganze Silberpapier mitgefressen. Jedenfalls knallte er durch und schnappte sogar nach Teschio, dem es irgendwie gelang, die Bestie im Zimmer einzuschließen. Ich möchte bloß wissen, mit was für einer Scheiße diese Amphetamine verschnitten waren. Nachdem der Pitbull zwei Tage lang in dem Raum eingeschlossen war, wollte Teschios Mutter wissen, was da immer so stank, und Teschio sagte, was weiß ich, wird vergammeltes Gemüse sein, und die Schwester machte die Tür auf und die Bestie fiel über sie her und wollte ihr die Kehle durchbeißen. Teschio versuchte es mit Valium, aber es war nichts mehr zu machen, der Hund war total ausgeflippt und Teschio konnte nicht mehr unter die Leute mit einem zugedröhnten Pitbull, der standardmäßig alles in Stücke reißt, was sich bewegt.

*

Kurzum, jetzt bin ich im Stadion und sehe Teschio mit dieser Bestie an der Leine und frage: »Was ist das denn?«

Er sagt: »Das ist Thor 2.«

»Thor 2«, wiederhole ich. »Wie kannst du einem Hund einen Namen geben, der sich wie ein Filmtitel anhört?«

»Wieso nicht? Mir gefällt der Name und dir kann's scheißegal sein«, antwortet er, »außerdem ist dieser Pitbull phänomenal, er hat schon am ersten Tag zwei Katzen gerissen.«

»Hast du ihn auf der Straße aufgelesen oder was?«

»Nein, ich hab ihn einem Freund abgekauft. Der ist bei der Steuerfahndung und meint, dass er ihn nicht behalten kann, weil er immer in der Kaserne ist.«

»Ein Freund bei der Steuerfahndung? Bist du wahnsinnig?«

»Nein, der ist okay. Ist 'n Kamerad, und außerdem war's ein Schnäppchen. Er hat nur einen Nachteil, dieser Hund. Ich meine ... er hasst Schlitzaugen. Mann, der hasst sie noch mehr als Juden. Keine Ahnung, warum, vielleicht hat ihn mein Freund von der Finanz drauf abgerichtet, dass er Chinesen und Koreaner anfällt.«

»Was gibst du ihm denn zu fressen? Crack?«, frage ich.

Ich lache. Er lacht ebenfalls.

Nach dem Tor zum Unentschieden versuchen ein paar Ultras aus dem Fan-Block der Curva B, das Spielfeld zu stürmen. Sollte es ihnen gelingen, wäre dies das dritte Mal in diesem Jahr. Sie sind zwar unpolitisch, aber wir spornen sie dennoch an und werfen jetzt Gegenstände hinunter in den Graben. Die Bullen kommen angetrabt und feuern ein paar Tränengaspatronen ab, doch wir machen weiter, reißen Sitze aus den Zuschauerreihen und schleudern sie nach unten. Ein paar ganz Schlaue haben es irgendwie geschafft, Pflastersteine ins Stadion zu schmuggeln. Damit bewerfen sie jetzt den gegnerischen Fan-Block. Teschios Pitbull verbeißt sich in einer Glasflasche, ich entreiße sie ihm und schmeiße sie runter in den Graben. Nach ein paar Minuten sind die Bullen stocksauer, rücken gegen uns vor und schlagen los. Sie greifen von beiden Seiten an und versuchen, eine Gruppe einzukreisen, die zum Glück zehn Meter weit weg, unmittelbar über dem Graben steht. Jago und Teschio spurten nach links und schleudern einen Zuschauersitz mitten in die Bullen. Einer bricht zusammen. Getöse und Applaus erhebt sich in der Kurve. Sogar auf den Tribünen scheinen sie zu klatschen. Arschlöcher. Die Bullen formieren sich erneut und rücken mit ihren Schutzschilden gegen die rechte Flanke vor. Die Kameraden ziehen sich daraufhin auf die oberen Zuschauerreihen zurück, aber einer fällt hin und die Bullen verpassen ihm Fußtritte und dreschen mit Schlagstöcken auf ihn ein. Jemand zündet eine Rauchbombe und wirft sie hinunter zu den Bullen, aber es ist zu spät, sie haben den Typen bereits gefasst. Die Scheißüberwachungskameras laufen auf Hochtouren. Das geht mir zwar am Arsch vorbei, aber ich halte mich trotzdem bedeckt. Wenn sie mich erkennen, bin ich geliefert. Abgesehen davon habe ich noch nie kapiert, warum sie im Stadion so ein Affentheater machen mit der Videoüberwachung, wo sie doch genau wissen, wer du bist, wo du wohnst und den ganzen Scheiß. Sie könnten dich einen Monat im Voraus festnehmen, aber nein, das tun sie nicht, weil eine schöne Stange Geld und die Scheißsportvereine auf dem Spiel stehen. Ich meine, sie brauchen die Fans, weil sie Kohle bringen, und die Bullen müssen auch am Sonntag beschäftigt werden, denn die Wichser sollen sich ja irgendwie ihren Lohn verdienen. Und an diesem Punkt gilt: Der Stärkere gewinnt. Und der Stärkere, das sind wir. Und selbst wenn die Bullenschweine uns jeden Tag festnehmen, wenn sie uns zusammenschlagen, wir kommen immer wieder und reißen ihnen den Arsch auf. Die Bullerei ist echt noch schlimmer als das freakige Chaotenpack. Die Polizeiattacke geht während der ganzen Pause weiter und die Lage beruhigt sich erst ein wenig, als Mitte der zweiten Halbzeit der gegnerische Stürmer ganz knapp ein Tor verfehlt.

Zehn Minuten vor Spielende verlassen Attak, Jago und ich die Kurve. Von draußen hört man die Sprechchöre: »Bullenschwein, Feind Nummer Eins.« Bravo. Das macht den Fußball so schön. Eine Grundregel lautet: Du sollst den Gegnern nur außerhalb des Stadions und erst kurz vor dem Spielende den Arsch aufreißen, weil dann die Carabinieri nicht vorbereitet sind. So hast du alle Zeit der Welt, um abzuhauen und nicht von den Überwachungskameras gefilmt zu werden.

Die Carabinieri werden nämlich nicht ins Stadion gelassen, außerdem werden sie von den Bullen nicht auf dem Laufenden gehalten, was drinnen abgeht. Wir drei kommen also unten an und am Ausgang sind tatsächlich keine Kontrollen. Die ganze Bullerei tummelt sich kampflustig im Stadion, die Carabinieri dagegen stehen draußen in einiger Entfernung auf dem Piazzale. Wir verschwinden in eine Seitenstraße, die zur Umgehungsstraße führt. Mir kocht langsam das Wasser im Arsch und ich muss dringend Dampf ablassen, denn während der Polizeiattacke habe ich mich passiv verhalten. Diesmal reicht ein Wichs nicht aus. Aber wenn es um Prügeleien geht, sind Attak und Jago, der Scheißkerl, bekanntlich die Besten. Wir nehmen drei Wichser in Reggina-T-Shirts ins Visier. Typische Bürofritzen oder Banker. Sie wollen sich vom Acker machen. Einer von ihnen ist ein zwei Meter großer Fettsack. Die Idioten denken wahrscheinlich, dass sie das Verkehrschaos auf der Umgehungsstraße vermeiden können, wenn sie sich beeilen und vor Spielschluss losfahren. Sie müssen den Wagen ganz in der Nähe geparkt haben, denn der eine hat schon den Autoschlüssel in der Hand. Jago nähert sich und ruft ihnen etwas zu. Einer dreht sich um, sieht den kahlgeschorenen Schädel und bekommt Schiss. Jago fragt, hast du Feuer. Der Typ sucht nach seinem Feuerzeug und scheint erleichtert zu sein, die andern beiden stehen mit den Händen in den Taschen daneben. Jago dankt und entfernt sich, dann gibt er uns ein Zeichen. Wir kommen näher und tun völlig unbeteiligt. Die drei gehen auf einen Fiat Uno zu. Als der Typ mit dem

Feuerzeug die Autotür öffnet, sagt Jago: »Lauft!«, und ehe sie bis drei zählen können, haben wir uns schon auf sie gestürzt. Attak versetzt dem Typ mit dem Autoschlüssel einen Kopfstoß. Ich bearbeite den Fettsack mit ein paar Faustschlägen, aber er fällt nicht um. Da greift Jago zur Kette und nach ein paar Sekunden spuckt der Fettsack Blut. Der Dritte versucht sich zu schützen, so gut er kann, aber er bekommt ein paar Springerstiefel in die Eier gedrückt und ist damit noch gut bedient. Attak reißt dem Typ den Autoschlüssel aus der Hand. Wir steigen in den Fiat Uno. Ich sitze am Steuer.

*

Gegen sechs sind wir wieder in Neapel. Den Fiat Uno haben wir in der Bucht hinter Miseno stehen lassen, beim Felsenriff, wo man leicht ans Wasser kommt, und sind mit der Metro zurückgefahren. Das Ganze ist eine nette Auflockerung gewesen, aber jetzt habe ich genug von dem Scheiß und will nach Hause. Ich verabschiede mich von den Kameraden und mach mich zu Fuß auf den Heimweg. Ich habe zu tun.

Zu Hause fällt mir ein, dass frisches Bier im Kühlschrank steht. Großartig. Ich stürze ein Blondes runter und boote die Maschine. Mir kommt die Schlagzeile von vorhin wieder in den Sinn. Schätze mal, dass Montale, der Hurensohn, einen unsauberen Deal geschoben hat und jetzt den Computer von dem Typen cracken muss, um sich aus der Affäre zu ziehen. Ich surfe eine

Runde im Netz auf der Suche nach irgendeiner zusätzlichen Information über die Angelegenheit, doch alle sagen mehr oder weniger das Gleiche: Der Untersuchungsrichter muss entscheiden, ob ein Verfahren gegen Montale und einige Kollegen eröffnet werden soll. Und es gibt offenbar einen Hauptzeugen, der einen Haufen Indizien über Drogengeschäfte, Schmiergelder und andere Sauereien geliefert hat.

Gegen sieben trinke ich noch ein Bier. Ich werde langsam spitz und logge mich im Chatroom ein in der Hoffnung, die scharfe Schnecke wieder zu treffen. Wenn man es im Chatroom mit einer treiben will, muss man leider viel Geduld aufbringen. Tatsächlich warte ich geschlagene vierzig Minuten und muss mir ein Haufen Gedöns von anderen anhören, bevor sie sich endlich meldet.

Session start: Sun Apr 28 2002 19:47:03

<DUX-> endlich
<Luder27-> inwiefern?
<DUX-> ich bin seit 40 min online
<DUX-> ?warum hast du dich heute morgen ausgeloggt
<Luder27-> wow, du hast auf mich gewartet! ich bin geschmeichelt
<DUX-> ??habe ich eine belohnung verdient
<Luder27-> ...

<Luder27-> ok
<DUX-> lass es uns virtuell tun
<Luder27-> gut, überrasch mich
<Luder27–> zieh dich aus
<DUX-> ok
<Luder27-> hast du die hose offen?
<DUX-> ja
<Luder27-> ich bin bereits nackt
<DUX-> ??wenn du jetzt mit dem feuchten zeigefinger ganz leicht über deine brustwarzen streichst, was fühlst du dann
<Luder27-> einen schauer
<DUX-> dann mach weiter so, bis es dir einen schauer nach dem andern über den rücken jagt
<Luder27-> ich komme gleich
<DUX-> halt, warte
<DUX-> nicht kommen
<DUX-> machs noch einmal und hör auf, kurz bevor du kommst
<Luder27-> ja, mmmhmhmmm
<Luder27-> noch einmal
<Luder27-> komm schon
<DUX-> jetzt streich mit dem finger über die klitoris, langsam
<Luder27-> und was machst du unterdessen?
<Luder27–> lass mich etwas spielen
<DUX-> ok
<DUX-> jetzt ist er steif
<DUX-> ?was willst du mit ihm tun
<Luder27-> ich lutsche ihn
<DUX-> ja

<Luder27-> wann willst du zustoßen?
<Luder27-> ich bin schon ganz nass
<DUX-> jetzt
<DUX-> steck dir zwei finger gleichzeitig rein
<Luder27-> jajajajajaaaaaa
<Luder27-> ahh.... ich kommmmeeeeeee
<DUX-> ?hats dir gefallen

No such Nick/Channel
<DUX-> ?he, bist du noch da

No such Nick/Channel
<DUX-> ach, gottverdammt

Session closed: Sun Apr 28 2002 20:02:14

Später am Abend bin ich in der Front. Gegen neun ruft mich die Informantin an und sagt, sie wisse Bescheid. Ich frage, worüber. Sie antwortet: »Ich meine, man hat mir gesagt, dass du zu dieser Party auf Capri gehen sollst. Das ist ein besonderes Fest, du solltest also vorbereitet hingehen. Ich muss dir ein paar Dinge erklären und schlage vor, dass wir uns treffen. Sagen wir, am Mittwoch?« So, wie die spricht, scheint sie eine linksalternative Pissgurke zu sein. Ich frage mich, was die Bullen ihr über mich erzählt haben. Wir verabreden uns für halb zwei in einer Bar in der Nähe der Hauptpost. Ich lege auf. »Das ist ein besonderes Fest, du solltest also vorbereitet hingehen.« Der Kackschlampe werd ich's schon zeigen. Aber ich muss aufpassen. Und ruhig bleiben.

In der Front sind rund zwanzig Kameraden. Ich habe meinen Laptop dabei, weil ich den Kameraden, die für die Newsgroup verantwortlich sind, versprochen habe, ihnen bei der Konfiguration zu helfen und ein paar Dinge einzurichten. Attak hat seine Braut mitgebracht, die Trantüte, wegen der die Neger mich zusammengetreten haben, aber es herrscht dicke Luft zwischen den beiden. Nach einer knappen halben Stunde fängt er an, sie anzublaffen, und schlägt ihr schließlich mit dem Handrücken zweimal voll ins Gesicht und sagt: »Judensau! Noch ein Wort und ich reiß dir den Arsch auf!«

Die Braut ist den Tränen nahe und verzieht sich. Sie setzt sich in eine Ecke und sieht aus wie ein geprügelter Hund. Ich verstehe nicht, wieso Attak noch Zeit verliert mit der Schlampe. Und ich verstehe nicht, wieso in dieser Scheißfront keiner etwas gegen das Miststück sagt. Obwohl, wie sie so dasitzt in ihrem Elend, kann sie einem fast leidtun.

»Attak, also weißt du, ich meine, musste das sein ... «, sage ich zu ihm, als wir etwas abseits stehen.

»Hör zu, das ist nicht dein Bier, Mann. Versteh mich nicht falsch. Du weißt, dass ich dich respektiere als Kameraden und so. Doch die Schlampe hat's mit einem Neger getrieben. Und es wäre jetzt echt zu billig, wenn sie einfach so ungeschoren davonkommen würde. Nein, sie muss hierbleiben und soll kapieren, wie sie sich zu benehmen hat. Sie muss lernen. Ja, ich weiß, sie ist eine Kameradin, aber sie ist eine Frau. Und ein paar blaue Flecken sind immer noch besser als ein Messerstich, oder?«

»Du hast recht, Kamerad. Heil Hitler!«, ruft Jago.

Dieser Arsch. Ich weiß echt nicht, warum ich den Scheißkerl nicht schon längst zu Brei geschlagen habe.

»Was meinst du mit ›aber sie ist eine Frau‹?«, mischt sich ein Skingirl ein, das mir hier noch nie aufgefallen ist, obwohl sie gar nicht schlecht aussieht.

»Wer zum Teufel bist du?«, fragt Attak.

»Eine, die dir Feuer unter dem Arsch macht, wenn du nicht antwortest«, sagt sie und alle lachen. »Also, was heißt ›sie ist eine Frau‹?«

»Nun hört euch die an ... «

Alle Achtung, das Skingirl hat verdammt was drauf. Ich meine, um in diesem Ton mit Attak zu sprechen, hast du entweder ein total aufgeweichtes Hirn oder mehr Mumm in den Knochen als King Kong. Und irgendwie löst das Ganze bei mir etwas aus, ich spüre etwas Unbestimmtes in der Magengegend, nein, eigentlich tiefer unten, im Schwanz. Verdammt, das war noch besser als ein Betatest, der gleich beim ersten Mal funktioniert.

»Sag mal, treibst du's auch mit Negern?«, fragt Attak und wieder lachen alle.

Wir sind jetzt zu fünft. Die andern sind im Nebenraum. Da ist Jago mit seiner Braut, Attak, ich und das neue Skingirl. Attaks Braut hockt noch immer am anderen Ende des Raums in der Ecke.

»Weißt du, wie du mir vorkommst?«, erwidert das Skingirl und geht nicht auf seine Frage ein. »Wie das Paradebeispiel eines Italieners, der unter Mussolini mit fünfunddreißig sechs Kinder in die Welt gesetzt hat, um an die Unterstützung zu kommen, und ansonsten seine Zeit in der Balilla verbringt, mit den Kameraden rumstreitet und Dart spielt ...«

Betretenes Schweigen. Mann, die Type ist richtig fit. Wo kommt die so plötzlich her? Ich muss mir das Lachen verkneifen, würde gern applaudieren. Attak ist ein Ignorant und ihm fällt nichts mehr ein. Er läuft rot an, Scheiße, jetzt wird er gleich explodieren, doch dann steht er auf und verlässt die Front. Jago scheint ebenfalls ziemlich verdattert zu sein, und die Frauen halten den Atem an. Das war eine Kampfansage, die ich liebend gern annehme. Ja, jetzt bin ich dran. Ich will das Skingirl reizen, herausfordern. Wenn sie sauer wird, umso besser.

»Bist du keine Italienerin?«, frage ich.

Die Kleine sieht mich an, als täte sie mir damit einen Gefallen.

»Hast du nicht gehört?«, frage ich. »Ich wollte wissen, ob du Italienerin bist.«

»Ich hab's gehört. Klar bin ich Italienerin. Aber das Italien von Typen wie deinem Freund ist das Italien der Albaner und Slawen. Wo ein bisschen Polizei ausreicht, damit alle glauben, dass die Ordnung aufrechterhalten wird, und wo alle stolz und zufrieden sind, wenn sie am Sonntagnachmittag ein Fußballspiel und ansonsten eine Sekretärin für den Blowjob haben. Das ist das Land, aber nicht das Vaterland. Vaterland ist was anderes.«

»Sie hat recht«, sagt Jago, »das wahre Vaterland erobert man mit Blut und Kampf.«

Ja, klar, so wie vor ein paar Tagen, als ihr mich mit einer Horde wilder Neger allein gelassen habt. Ach, fick dich doch.

»Ist dir klar, welche Vorstellungen die Faschisten von den Frauen hatten?«, fährt das Skingirl fort. »Weißt du, was sie dachten? Weißt du's?«

Schweigen. Sie wartet auf eine Antwort. Sie schaut mich an und lächelt. Irgendetwas sträubt sich in mir. Wenn ich ihr jetzt sage, was ich denke, dann ist die Sache gelaufen, denn die Type hält sehr viel auf ihre Intelligenz. Zum Glück kommt Jago mir zuvor und sagt:

»... dass die Frauen zu Hause bleiben sollen, um ihren Männern jederzeit einen zu blasen.«

Ich lache. Alle lachen. Auch Attak, der sich inzwischen abgeregt hat und wieder hereingekommen ist. Und sogar Attaks Braut, die sich aus ihrer Ecke gewagt und zugehört hat, lacht. Nur das Skingirl lacht nicht. Im Gegenteil, sie ist stinksauer, steht auf und geht in den Nebenraum. Getroffen und versenkt. Mann, es ist geschafft, denke ich. Skin Heil!

Später, nachdem wir angefangen haben zu trinken, besser gesagt, nachdem wir schon ziemlich besoffen sind, taucht Teschio mit einem Stapel Videokassetten auf.

»Sieg Heil!«, ruft er.

»A noi!«, antworte ich und hebe den Arm zum Römischen Gruß.

»Warum zum Teufel musst du immer alles runtermachen?«, meint Jago daraufhin.

»Weil wir Italiener sind«, antworte ich und lache.

Ich drehe mich um. Vom Skingirl keine Spur. Verschwunden.

Kurzum, Teschio kommt mit einem Stapel Videokassetten in der einen und die Leine mit der Bestie in der anderen Hand herein. Er bindet den Hund an der Türklinke fest, der Köter beginnt zu bellen wie besessen und Teschio sagt: »Kameraden, die Vorführung beginnt«. Und, ich kann's kaum glauben, die Kameraden stehen alle auf, ich meine, man könnte annehmen, wir sind ein Filmklub. Ich denke, Scheiße, wenn das so weitergeht, singen sie bald auch noch »Bandiera Rossa«. Teschio entwickelt sich zunehmend zu einem Intellektuellen. Aber nicht wie, sagen wir, Goebbels, der Judenvernichtungslager plante, sondern zu einem echten Intellektuellenarsch. Also, die Kameraden sehen sich den Film an, und ich habe nichts zu tun und weiß nicht, was ich hier noch soll. Ich hätte nicht schlecht Lust, das Skingirl von vorhin aufzugabeln, aber nirgends eine Spur von ihr. Und ich würde mir gern etwas einfallen lassen für die beiden Bullenschweine. Aber ich erinnere mich, dass das Passwort für das Bullennetzwerk eine 2048-Bit-Verschlüsselung hat. Ähm ... okay, ich bleibe. Teschio sagt: »Kameraden, gebt mal einen Moment Ruhe«, und ein oder zwei Skins antworten, Leck mich, du Wichser. Von irgendwoher wird mir eine Flasche gereicht und ich trinke.

Teschio macht weiter und sagt: »In diesem Film geht es um uns, aber es ist nicht so der übliche Film über den Nazismus, ich meine, das hier ist kein Dokumentarfilm, mehr möchte ich für den Moment dazu nicht sagen, gute Unterhaltung.« Irgendjemand lacht. Der Film beginnt. Jago sagt zu ihm: »Sag mal, hast du sie nicht mehr alle? Was schwingst du denn für Schwuchtelreden?«, aber dann läuft der Vorspann, die Musik setzt ein und alle halten die Klappe. Der Film ist von Anfang an total okay. Es ist die Geschichte von ein paar Typen in London in den Fünfzigerjahren, nach dem Krieg. Ich kapier sofort: Es ist ein Film über die Teds. Es geht um einige von ihnen, die in einem dieser kaputten Viertel leben, Raubüberfälle in Villen durchziehen und sich mit Benzedrin zudröhnen. Mann, die Geschichte ist echt krass. Teschio ist vielleicht doch nicht so ein Arsch. Nur etwas zu punkig, und die stehen bekanntermaßen alle auf Amphetamine und den ganzen Scheiß. Aber sonst ist er okay.

Der Film läuft und ich denke fast eine Stunde lang

an nichts anderes. Dann sehe ich mich auf der Suche nach etwas Trinkbarem um. Und neben mir sitzt das Skingirl. Skin Heil! Die Kleine dreht sich ebenfalls um und merkt, dass ich sie anschaue. Es ist zu spät, um so zu tun, als ob nichts wäre, und deshalb grinse ich. Scheiße, sie lächelt auch. Wo kommt die bloß plötzlich her? »Gefällt dir der Film?«, frage ich. Sie schaut mich wieder an und lacht. Jemand vor uns sagt, Ruhe da hinten, verdammt. Die Kleine lacht wieder. Ich überlege, was ich sagen könnte, aber es kommt mir nichts in den Sinn. Ich will mich gerade wieder dem Film zuwenden, als sie sagt: »Du bist ein Freund von Attak.«

»Ja, klar«, sage ich.

Sie lacht und fragt: »Ist seine Braut tatsächlich mit einem Neger gegangen?«

»Ja«, sage ich und zeige auf meine Stirnwunde.

Sie schaut hin und staunt nicht schlecht.

»Wie viel haben sie dir gegeben?«, fragt sie.

»Zwei Monate«, lüge ich, »auf Bewährung.«

Sie lächelt. Mann, es ist tatsächlich geschafft.

Nachdem der Film zu Ende ist, frage ich das Skingirl, was hast du jetzt vor, und sie meint, sie hätte Durst. Darauf sage ich, warum gehen wir nicht irgendwohin, ich meine, in eine Bar oder so, und trinken was. Und sie antwortet, warum holen wir uns nicht was zu trinken und gehen zu mir. Okay, sage ich. Was will man mehr. Großartig. Ich verabschiede mich von den Kameraden. Teschio fragt, ob mir der Film gefallen hat, und ich sage ja und frage, ob er der Bestie gefallen hat. Er sagt, na logo. Ich kralle mir das Skingirl und wir sind gerade dabei, die Front zu verlassen, als Jago dazwischentritt.

»Kamerad«, sagt er.

»Ja, was ist?«

»Ich hab mitbekommen, dass du zu ihr gehst.«

»Ja, und?«

»Ähm ... ich hab noch keine Pritsche für heute Nacht. Ich meine, du weißt ja, im Moment gibt's ziemlich Zoff mit meinem Vater. Du hast 'ne tolle Wohnung, 'ne tolle Frau und ich nichts ... und deshalb, ich meine ... «

»Sag schon, Jago«, antworte ich, weiß aber bereits, worauf er hinauswill.

Das kann er echt gut, der Bastard. Wenn er jemandem den Arsch lecken will, tut er das besser als die Maschine, die auf der Straße die weiße Mittellinie nachzieht.

»Um es kurz zu machen, ich würde gern bei dir pennen.«

Zu einem anderen Zeitpunkt hätte ich sofort gesagt, vergiss es. Aber vor dem Skingirl kann ich nicht den knausrigen Rabbiner geben. Und außerdem ist es vielleicht kein schlechter Schachzug, für den Fall, dass sie es sich anders überlegt mit der Einladung zu ihr nach Hause. Ich gebe ihm den Hausschlüssel und sage, kotz mir nicht aufs Bett, die Matratze ist sauber. Er sagt, okay und danke.

»Ach, Jago, noch was«, sage ich.

»Ja?«

»Wenn du dir einen runterholst, versau mir nicht wieder das Bettzeug wie letztes Mal.«

Den ganzen Montag verbringe ich beim Skingirl. Ihre Wohnung in der Nähe der Piazza Mercato ist eigentlich nur ein einziger Raum, dessen Wände mit Fotos vom Krieg und dem Duce buchstäblich gepflastert sind. Auf der einen Seite, neben dem Klo, steht ein Bücherregal voller Geschichtsbücher. Da liegen auch zwei Originalmedaillen von Kriegsheimkehrern aus Griechenland. Wir verbringen den ganzen Tag mit Trinken und Musik hören. Sie sagt, wenn ich will, kann ich mir ein paar CDs auf den Laptop kopieren. Sie mag Oi!-Bands, die ich zum Kotzen finde, aber das sage ich ihr nicht. Ich frage sie, wie sie zur Front gekommen ist, sie sagt, einfach so. Sie ist nicht sehr gesprächig. Besser so.

Nach einer Weile will sie wissen, ob ich am Mittwoch zum Gedenkmarsch gehe, und ich antworte, ja klar. Ich sage: »Du solltest auch kommen«, doch sie antwortet: »Ich mag keine Gedenkfeier zu Ehren der deutschen Arschlöcher«.

»Hitler und Goebbels waren keine deutschen Arschlöcher.«

»Alle Deutschen sind Arschlöcher«, antwortet sie.

»Was zum Teufel hast du gegen die deutschen Kameraden?«, frage ich.

»Nichts, aber ihr gedenkt der Deutschen und vergesst dabei all die Italiener, die in dem Scheißkrieg ins Gras gebissen haben.«

Ich bin überzeugt, dass sie im Krieg jemanden verloren hat, vielleicht den Großvater oder so. Wir sitzen noch eine Zeit lang rum, trinken und schweigen, bis mir auffällt, dass es inzwischen Abend geworden ist, und um sieben beschließe ich, nach Hause zu gehen. Zuerst fahre ich bei Jago vorbei, um meinen Hausschlüssel zu holen, und der Arsch stellt einen Haufen Fragen, wie war's mit der Type, hast du sie flachgelegt und so weiter. Er nervt mich tierisch. Dann sagt er: »Ich, du, Attak und Teschio gehen am Mittwoch als Gruppe auf die Demo, die andern sind damit einverstanden«. »Großartig«, sage ich, aber die Sache gefällt mir überhaupt nicht. Jago geht mir jeden Tag mehr auf den Sack.

Auf dem Weg nach Hause komme ich an der Front vorbei, aber sie ist geschlossen. Dreihundert Meter weiter, an der Ampel, sehe ich zwei Typen mit kahl geschorenem Schädel die Straße überqueren. Das sind keine von unseren Kameraden, denn ich habe die beiden hier in der Gegend noch nie gesehen. Ich gehe auf sie zu, um sie zu fragen, woher sie kommen, als ich die Tätowierung im Nacken des einen bemerke und erkenne, dass es sich um Redskins handelt. Scheiße. Ich möchte gern wissen, was die Arschlöcher hier zu suchen haben, das ist unser Revier. Ich gehe wieder auf die andere Straßenseite. Kurz darauf sehe ich, wie zwei Typen auf einem Motorrad angefahren kommen. Sie halten und beginnen ein Gespräch mit den beiden Skins. Der Fahrer hat lange, zum Pferdeschwanz gebundene Haare, auf dem Ellbogen des Beifahrers sehe ich eine Tätowierung, kann sie aber nicht richtig erkennen. Der eine Skin scheint mit einem Mal nervös zu werden und gibt dem anderen ein Zeichen abzuhauen. Der Typ mit dem Pferdeschwanz reagiert sauer, steigt vom Motorrad und zieht eine Bullenkelle. Heilige Scheiße, das sind Zivis. Die Skins versuchen zu türmen, werden aber gestoppt. Der Bulle mit dem Pferdeschwanz schlägt dem einen Skin mit Kelle und Fäusten gleichzeitig ins Gesicht, verdammt, der hört nicht mal auf, als der Skin schon am Boden liegt. Der tätowierte Bulle schmettert den anderen Skin gegen einen Baum, pflanzt ihm zwei Fausthiebe ins Gesicht und versetzt ihm anschließend mehrere Fußtritte. Als beide Skins besinnungslos am Boden liegen, besteigen die Bullen wieder ihr Motorrad und fahren weg, die miesen Schweine.

Die Szene hat mich stinksauer gemacht, weiß auch nicht, warum. Die Bullerei ist echt das Letzte auf der Welt, schlimmer als die Redskins, sogar noch schlimmer als die Chaoten. Ich denke, ich sollte noch einen Gang durchs Viertel machen und ein, zwei Bier trinken, um mich zu beruhigen. Aber dann fällt mir Memo und das Passwort mit der 2048-Bit-Verschlüsselung ein und mir läuft die Galle über. Ich biege in die Via Tarsia ein und gehe nach Hause.

*

Session start: Mon Apr 29 2002 21:14:37

<Luder27-> ciao, Duce
<DUX-> na hör mal, wo zum teufel bist du geblieben
<DUX-> das ist hinterfotzig
<DUX-> jedes mal abzutauchen, wenn du gekommen bist
<Luder27-> besteig mich und halt die klappe
<DUX-> ach, fick dich doch, du kackschlampe
<Luder27-> ja, bitte, noch einmal
<DUX-> ich schwör dir, wenn du mir je über den weg läufst
<DUX-> dann reiß ich dir den arsch auf
<Luder27-> warum tust dus nicht gleich?
<DUX-> du bist echt eine fotze
<Luder27-> ja, ich bin deine fotze
<DUX-> ok, dann steck dir einen finger in den arsch
<Luder27-> gefällt mir
<DUX-> spuck aber erst drauf
<Luder27-> warte
<DUX-> spuck drauf, sagte ich
<Luder27-> erledigt
<DUX-> ok
<Luder27-> und jetzt?
<DUX-> ??magst du ihn lutschen
<Luder27-> das ist das schönste daran
<DUX-> =)
<DUX-> ??du willst, dass ich komme
<Luder27-> schon?
<DUX-> ??was heißt schon
<Luder27-> sei bös mit mir

<Luder27-> du scheißkerl
<DUX-> steck dir drei finger rein
<Luder27-> jaaaaaaammmmmhhhhhhhmmmmmhhhh
<DUX-> hast du ein taschenmesser
<Luder27-> wart, ich mach schnell ein foto von meiner möse und schicks dir
<DUX-> ?hast du ein taschenmesser, ja oder nein
<Luder27-> yup
<DUX-> schneid dich in den handrücken
<Luder27-> aua, verdammt... mmmmmhhh, schön
<DUX-> mann, ich komme gleich
<Luder27-> jaaaaaaaaaa
<Luder27-> komm her, drück mir den kopf unter wasser
<DUX-> ahhhh
<DUX-> ich komme
<Luder27-> ich auch
<Luder27-> ich auch
<Luder27-> ich auch
<Luder27-> ich bin ganz nass
<DUX-> ?hats dir gefallen
<Luder27-> es war wunderschön
<DUX-> ...
<Luder27-> was ist, machen wir weiter?
<DUX-> nein, muss weg

Session closed: Mon Apr 29 2002 21:52:07

Am nächsten Tag gegen zwei weckt mich Teschio. Mir brummt der Schädel. Ich habe die ganze Nacht im Internet gesurft und alte Files durchgesehen, aber nichts gefunden im Zusammenhang mit dem Netzwerk der Bullerei. Ich habe sogar versucht, Memo in Chatrooms ausfindig zu machen, bin aber immer gleich zum Teufel gejagt worden, wenn sie meinen Nickname Dux gelesen haben. Arschlöcher. Doch Gesinnungstreue geht eben über alles. Teschio hat seine Bestie dabei und sagt: »Du musst mich wohin begleiten. Wenn alles gut geht, bekommst du nachher hundert Euro für den Gefallen, aber jetzt stell keine Fragen.« Ich sage okay, ziehe mich an und wir ziehen los. Im Auto amüsieren wir uns darüber, was sich vorgestern im Stadion abgespielt hat, und sprechen über die Gedenkfeier morgen. Teschio meint, ich sehe etwas abgeschlafft aus und müsse Sport treiben. Ich sage, dass ich keine Zeit habe.

»Dann brauchst du Hilfe«, sagte er, öffnet das Handschuhfach und holt ein Briefchen heraus.

»Gottverdammt, Teschio, hör endlich auf mit dem Scheiß, der weicht dir bloß das Hirn auf. Außerdem, wenn uns die Bullen anhalten, sind wir geliefert«, sage ich.

»Willst du nicht mal versuchen?«

»Vergiss es. Sag mir lieber, wohin wir eigentlich fahren.«

»Dahin, wo er uns hinführt«, erwidert er und zeigt auf Thor 2.

»Was soll das heißen?«

»Schon mal was von Hundekämpfen gehört?«

»Ja, und?«

»Wir werden einen abgefuckten Mastiff fertigmachen!«

Nun hör sich einer diesen Schwachkopf an! Eine ganze Weile schweigen wir so vor uns hin, während ich die Via Marina entlangfahre. Im Grunde bin ich gar nicht mal so erstaunt über die Sache, ich meine, Teschio hatte schon immer Scheißideen. Obwohl, eigentlich gehört er nicht zu den Typen, die ihre Hunde aufs Töten abrichten. Und mit Sicherheit wimmelt es dort, wo wir hinfahren, nur so vor Nutten, Camorristi, Neger und infiltrierten Bullen.

An der Mautstelle tauschen wir die Plätze und Teschio setzt sich ans Steuer. Er fährt auf die Autobahn, verlässt sie bei der Ausfahrt Ercolano wieder, fährt dann die Straße hoch, die zum Vesuv hinaufführt, und macht eine Reihe seltsamer Umwege um irgendwelche Palazzi herum und durch Gassen, die ich nicht kenne, bis wir schließlich bei einem Platz in der Nähe eines Wohnwagenlagers von Albanern ankommen. Er hält den Wagen an und zieht erneut ein Briefchen aus dem Handschuhfach.

»Verdammt, Teschio, ich habe dir doch gesagt, dass ich nicht – «

»Das ist nicht für dich«, fällt er mir ins Wort, »sondern für ihn.«

Der Hurensohn nimmt eine Handvoll Pillen, zerdrückt sie ein bisschen, vermischt sie mit einem Päckchen Bonbons und hält sie der Bestie unter die Schnauze. Thor 2 schnuppert kurz dran und frisst dann alles auf.

»Verdammt noch mal, Teschio, hat dir jemand ins

Hirn geschissen? Hast du vergessen, dass dein letzter Hund wegen solcher Scheiße gestorben ist?«

»Er ist nicht gestorben. Ich musste ihn erschießen. Außerdem war der Stoff miserabel verschnitten. Dieses Zeug dagegen stellen sie speziell für die Kämpfe her. Nicht wahr, mein Monster?«, sagt er zu dem Hund und drückt ihm den Hals.

Thor 2 hat bereits Pupillen wie ein Junkie und ich sehe, dass sein Schwanz zu beeindruckender Größe angeschwollen ist.

Wir verlassen den Platz, durchqueren zwei, drei unbekannte Straßen und fahren dann ein paar hundert Meter den Vulkan hinauf, bis wir schließlich bei einer verlassenen Baustelle ankommen. Davor stehen fünf, sechs Typen, die geradewegs aus einem amerikanischen B-Movie zu kommen scheinen. Teschio steigt aus und übergibt einem von ihnen den Autoschlüssel, dann lässt er Thor 2 aussteigen und ich folge ihnen. Die Typen lassen uns die Baustelle betreten, einer begleitet uns bis zu einer Art Aufzug, wir steigen ein und fahren abwärts, in ein Untergeschoss ohne Ausgänge, wo bereits andere Leute auf uns warten.

Ich habe noch nie eine solche Situation erlebt. In dem Raum stehen zu viele Leute zu dicht gedrängt. In kleinen Gruppen stehen sie um zwei Buchmacher herum, die die Wetten annehmen. Die Geldscheine wandern rasch hin und her. Einige haben ganze Bündel Banknoten mit was weiß ich wie vielen Euros in der Hand. Das hier muss eine Art Keller oder Warenlager sein. Auf der anderen Seite des Raums steht ein Typ mit einem Mastiff an der Leine. Wenn Thor 2 ein

Junkie ist, dann ist das da drüben der Dealer. Er schäumt und knurrt. Thor 2 fängt ebenfalls an zu knurren, als er den Geruch von Blut in der Luft wittert. Der Mastiff ist größer, aber weniger angriffslustig. Keine Ahnung, wie diese Hurensöhne ihre Hunde abrichten.

Teschio drückt mir vierhundert Euro in die Hand und sagt: »Geh rüber zu dem da und setz alles auf Sieg.« Ich will ihn fragen, woher zum Teufel er das ganze Geld hat, aber er würgt mich mit einer Handbewegung ab und sagt, ich soll gehen. Thor 2 ist neu hier, deshalb geben sie ihm drei zu eins. Das bedeutet, wenn er gewinnt, streicht Teschio achthundert Euro ein, siebenhundert für sich und hundert sind für mich. Wenn er jedoch verliert, können wir alles in den Wind schreiben. Doch momentan bin ich zu angespannt, um weiter darüber nachzudenken.

Links von mir steht ein schwarz gekleideter mickriger Typ, flankiert von zwei Schlampen. Die drei lachen und trinken direkt aus einer Flasche, die sie zwischen sich hin- und herwandern lassen. Unter Garantie sind die randvoll mit Koks und anderem Dreckszeug. Die Situation geht mir langsam auf den Sack, hier stinkt's nach Camorra, aber ich bin nun mal da, habe mein Wort gegeben und muss es halten. Auf ein Zeichen des schwarz gekleideten Typen bilden die Leute einen Kreis und halten die Luft an. Mein Gott, das sieht aus wie bei einer beschissenen Parade: Teschio und der andere Hundehalter treten vor, erlauben ihren Hunden, sich einander zu nähern, um sich beschnuppern zu können. Thor 2 ist kurz vorm Ausrasten und bellt, der Mastiff wiederum fühlt sich durch seinen Anblick provoziert, wirkt erregt und knurrt. Es ist ein seltsames Knurren, das tief von unten kommt, sich nach oben fortpflanzt wie der Brand an einer Lunte. Thor 2 ist inzwischen so wild, dass er fast die Leine zerreißt. Der Camorrista gibt ein weiteres Zeichen und die Hundehalter lassen die Tiere von der Leine. Beide rasen aufeinander zu, stellen sich auf die Hinterbeine und gehen in den Clinch. Die Zuschauer kommen in Fahrt. Die Hunde beißen sich gegenseitig in die Schnauze, dann weichen sie zurück und bleiben stehen. Das wiederholen sie vier oder fünf Mal, weiter geschieht nichts. Sie belauern sich, um herauszufinden, wie sie am besten angreifen sollen. Der Mastiff macht einen weniger aggressiven, aber kräftigeren Eindruck. Die Hunde wälzen sich ein paarmal am Boden und beißen sich gegenseitig in den Rücken. Als Thor 2 versucht, sich in der Flanke des Mastiffs zu verbeißen, drückt der ihn zu Boden. Die Zuschauer drehen durch, die Buchmacher schreien und wedeln mit den Geldscheinbündeln in ihren Händen. Thor 2 windet sich und versucht, sich zu befreien, aber der Mastiff scheint Katz und Maus mit ihm zu spielen und hält ihn mit einer Pfote bewegungsunfähig am Boden. Die Zuschauer rufen: »Gib's ihm, Rex, mach ihn kalt!« Rex setzt an, seine Zähne in den Nacken des Pitbulls zu schlagen, als es Thor 2 gelingt, ihn in eine Pfote zu beißen und aufzustehen. Er reißt ihm dabei fast die Pfote ab. Der Mastiff jault auf und hinkt, Blut tropft aus der Wunde. Ein Hund mit einer verletzten Pfote ist ein toter Hund. Thor 2 knurrt und fixiert den Mastiff, der sich nur mit Mühe auf den Beinen hält. Die Menge ist verstummt. Thor 2 umkreist den Mastiff, der wie erstarrt dasteht. Die Zuschauer beginnen zu flüstern, doch plötzlich stürzt sich Thor 2 hoch aufgerichtet auf Rex und wirft ihn zu Boden. In diesem Moment brennen bei den Zuschauern alle Sicherungen durch und jeder schreit: »Gib's ihm, Thor, mach ihn kalt!« Verdammte Hurensöhne allesamt. Der Boden ist voller Blut, der schwarz gekleidete Camorrista lacht und amüsiert sich mit seinen Schlampen in einer Ecke. Teschio hat bisher kein Wort von sich gegeben, und als er den Pitbull über dem jetzt wehrlosen Mastiff stehen sieht, sagt er lediglich: »Erledige ihn.« Thor 2 schlägt seine Zähne in Rex' Nacken.

*

Um halb eins am nächsten Tag bin ich am Bahnhof. Haufenweise rote Fahnen in den Straßen. Scheißkommunistenpack. Ich habe die ganze Nacht auf dem Bett gelegen und Bier getrunken. Die hundert Euro, die ich bei der Wette kassiert habe, sind heute Morgen bereits wieder draufgegangen, für Verbindungskabel und andere PC-Ausrüstung. Das Material werde ich auch am Donnerstag brauchen, wenn alles gut geht. Wenn alles gut geht. Das Treffen mit der Verbindungstante ist um halb zwei, aber ich bin etwas früher da, um mich umzuschauen und zu sehen, wie viele Bullenschweine sich rumtreiben. Wenn die mich heute erwischen, bin ich geliefert. Verdammte Scheiße.

Eigentlich sind Demos von Autonomen und Freaks noch schöner als das Stadion: Du hast mehr Spielraum für Action jeder Art und kannst leichter in der Menge untertauchen. Außerdem hast du bei diesen Demos die einmalige Chance, gleichzeitig einem Bullen und einem Freak den Arsch aufzureißen. Heute tummeln sich hier schätzungsweise an die fünfzigtausend Personen, es wogt ein Meer von Spruchbändern und sie singen ihre beschissenen Kommunistenlieder. Eigentlich ist heute Maifeiertag, das »Fest der Arbeit«, aber die Leute protestieren gegen ein paar verschärfte Einwanderungsgesetze, also gegen das einzig Vernünftige, was unsere scheißbürgerliche Regierung zustande gebracht hat.

Von unserer Seite hat man dieses Jahr so getan, als würde es keinen Gedenkaufmarsch geben. Ich meine, keiner hat die Bullerei und die Staatssicherheit informiert. Die sind natürlich nicht auf den Kopf gefallen und wissen genau, was für ein Tag heute ist, und auch die militanten Autonomen wissen, was für ein Tag heute ist, und treten deshalb zu ihrer abgefuckten Antifa- und Antirassismus-Demo an. Die sollten besser auf der Hut sein. Ihr Pech, wenn einer von ihnen draufgeht.

Wir sind insgesamt dreihundert Kameraden. Nicht viele, aber für eine Straßenschlacht reicht es. Darunter sind die Kameraden der verschiedenen Fronten aus der ganzen Provinz, und dazu kommen noch rund dreißig Mann aus Rom, Bari und Venedig. Einige von uns haben sich angezogen wie alternative Freaks, mit weiten Klamotten, Trainingsanzügen und Palästinensertüchern um den Hals. Unser Plan: Die Infiltranten sollen sich in den Demonstrationszug einreihen und bis zur Spitze vordringen. Wenn der Umzug dann vor der Präfektur ankommt, sollen sie ein bisschen Stunk machen, die Bullen mit ein paar Steinen bewerfen. Nicht übertrieben, sondern gerade mal so viel, dass die Kerle in der Kampfausrüstung sauer werden. Die anderen Kameraden sollen währenddessen, aufgeteilt in kleinere Gruppen von maximal zehn Mann, ruhig abwarten, bis der Krawall losbricht. Von diesem Moment an geht es darum, so viele Geschäfte wie möglich zu zertrümmern, Schaufenster einzuschlagen, Bullen zu verprügeln, und zwar jede Gruppe für sich in ihrem Abschnitt des Zugs. Um die militanten Autonomen brauchen wir uns nicht zu kümmern, das übernehmen die Bullen. Die Freaks, diese Anfänger, haben noch nicht einmal Sicherheitsabsperrungen, das wird ein Kinderspiel werden.

In meiner Gruppe sind wir nur zu viert, aber wir sind die Besten. Nachdem sich der Demonstrationszug am Bahnhof in Bewegung gesetzt hat, reihen wir uns auf halbem Weg hinter einer Lesbengruppe mit dämlichen Spruchbändern wie »Gleichgeschlechtlich – gleichberechtigt« und solchem Scheiß ein. Kackschlampen. Ich frage mich, ob Montales Informantin auch darunter ist. Die ganze Straße ist voller roter Fahnen. Unweit von uns marschiert eine Gruppe von rund dreißig Schülern und singt: »Was tun mit den Schwarzhemden? An die Wand gestellt soll'n sie enden«. Attak schießt die Wut ins Gesicht. Ich bemerke es und sage: »Gleich siehst du aus wie eine dieser Scheißfahnen.«

Jago und Teschio lachen.

Wir folgen eine halbe Stunde lang dem Demonstrationszug. Es sind bestimmt haufenweise Bullen in Zivil dabei. Ich hoffe, dass sie kein Erkennungsbild von mir dabei haben. Sollte einer mich hier entdecken und festnehmen, dann bin ich echt am Arsch. Der Umzug kommt zügig voran und der Menschenstrom marschiert dicht an dicht. Umso besser, auf diese Weise gehen wir leichter in der Menge unter. Die Bullen befinden sich an der Spitze und am Ende des Zuges, nur hin und wieder sehe ich die Bereitschaftspolizei mit ihren Panzerwagen aus einer Seitenstraße hervorlugen. Als wir am Polizeipräsidium vorbeiziehen, fliegen ein paar Farbbeutel und einige »Arschlöcher«, aber ansonsten ist die Situation ruhig. Allzu ruhig, und das macht mich misstrauisch. Es ist, als ob die Bullen etwas wissen oder erwarten würden. Das sage ich zu den Kameraden und sie nicken. Jago ist zwar ein Hurensohn, aber er hat eine feine Nase für solche Situationen, und tatsächlich sagt er unvermittelt, als wir unter dem Polizeipräsidium stehen: »Schaut, dort unten.«

In einer Seitenstraße der Via Medina, in der Nähe einer Bar mit heruntergelassenen Roll-Läden, steht ein ehemaliger Kamerad, der inzwischen ein Scheißpolitiker geworden ist, und unterhält sich mit zwei Kerlen. Sie scheinen halblaut miteinander zu sprechen und machen ernste Gesichter. Der Demonstrationszug hält an. Weit vorn sehe ich die Spitze auf dem Rathausplatz ankommen, wo bereits ein Haufen Bullen und Bereitschaftspolizei mit Panzerwagen stehen.

Die drei Typen vor der Bar sind weiter ins Gespräch vertieft, doch nach zehn Minuten erhält der Exkamerad einen Anruf auf dem Mobiltelefon und entfernt sich. Die beiden Kerle bleiben vor der Bar stehen. Der eine hat lange Haare und trägt einen Pferdeschwanz, der andere hat eine Tätowierung am Ellbogen. Die zwei kenne ich.

»Die beiden sind Bullen.«

»Hä?«, macht Jago.

»Das sind Zivis. Ich habe die vorgestern in der Nähe der Front beobachtet, wie sie zwei Redskins zusammengeschlagen haben. Ich verstehe nicht, was die beiden mit dem Hurensohn zu besprechen haben«, sage ich.

»Weiß ich auch nicht, aber wir werden es gleich herausfinden«, sagt Jago und gibt uns ein Zeichen, dass wir ihm folgen sollen.

Der Exkamerad betritt einen Palazzo. Wir warten ein paar Sekunden, dann entfernen wir uns von der Demo und folgen ihm. Niemand nimmt von uns Notiz. Attak kommt die Galle hoch und er wird zusehends saurer. Der Exkamerad telefoniert noch, während er den Aufzug betritt. Er merkt nicht, dass wir direkt hinter ihm stehen. Wir stoßen ihn in den Aufzug, Attak hält ihm mit einer Hand den Mund zu, während ich ihm das Telefon entreiße, es auf den Boden werfe und zertrete.

»A noi, Kamerad!«, begrüßt ihn Jago. »Was für eine angenehme Überraschung! Auch du beim Umzug! Auch du gedenkst heute dem Kameraden Goebbels und dem Führer. Heil Hitler!«

Der Hurensohn antwortet mit schüchtern erhobener

Hand. Er ist zu Tode erschrocken, macht ein Gesicht, als stehe die gesamte Rote Armee vor ihm.

»Eigentlich hättest du verdient, dass wir dir die Fresse polieren, allein schon deshalb, weil du jetzt in dieser scheißbürgerlichen Partei bist. Aber wir wollen nur eins von dir wissen: Was zum Teufel geht da draußen ab?«, sagt Jago.

»Was meinst du?«, fragt der Exkamerad.

»Hör auf mit dem Scheiß. Ich will wissen, was du mit den beiden Bullen zu besprechen hattest, verdammt noch mal.«

»Welche Bullen?«

Attak haut ihm eine Linke in den Magen. Der Hurensohn hustet.

»Nun? Was geht hier vor? Es ist viel zu ruhig da draußen und überall steht eine Menge Bullerei herum. Was da abgeht, gleicht einem Festumzug der Polizei, so viele Bullen hängen hier rum. Ihr habt eine hübsche kleine Überraschung für uns Kameraden vorbereitet, nicht wahr?«

Der Hurensohn schweigt und schaut uns an. Verdammt, er weiß genau, wie er sich verhalten muss. Attak geht gleich in die Luft. Er versetzt ihm eine weitere Linke, diesmal in die Nieren. Der Typ hustet erneut und beherrscht sich nur mit Mühe, aber er schweigt weiter.

»Hör mal, wir wollen dir nichts tun. Aber wenn du weiter das Arschloch spielst, ist Attak leider gezwungen, dir die Fresse zu polieren. Also: Was geht da draußen vor?«

Schweigen. Attak explodiert. Ich versuche, ihn zurückzuhalten, aber es ist nutzlos. Er tritt dem Exkameraden mit voller Wucht gegen die Knöchel, boxt ihn ins Gesicht und in den Magen, bis der Hurensohn halb tot im Aufzug zusammenbricht. Teschio und Jago lachen, ich schaue ihn an und sage: »Jetzt erfahren wir gar nichts mehr.«

»Was gibt's da noch zu erfahren?«, fragt Attak.

»Nichts, aber was machen wir jetzt mit ihm?«, frage ich und zeige auf den Kerl am Boden.

Wir stehen noch ein paar Minuten im Aufzug und diskutieren, was wir tun sollen, als plötzlich ein Riesenknall zu hören ist. Wir lassen den Scheißkerl besinnungslos am Boden liegen und rennen hinaus. Man kapiert überhaupt nicht, was passiert ist, denn der Demonstrationszug ist noch mehr als hundert Meter von der Präfektur entfernt. Wir sehen eine riesige Rauchwolke vor dem Rathaus. Die Leute beginnen zu schreien und laufen davon. Man kann den Platz nicht überqueren, weil er voller Bereitschaftspolizei ist. Zweihundert Meter weiter vorn beginnen die ersten Krawalle.

»Scheiße, ich hab's vorausgesehen, dass was passieren wird«, sage ich. »Das waren nicht unsere Leute. Die Kameraden sind noch gar nicht an der Spitze des Zugs angekommen. Jemand anders hat dieses Spektakel inszeniert.«

»Und was tun wir jetzt?«, fragt Teschio.

»Wir stoßen zur Spitze vor und reißen den Bullenschweinen den Arsch auf«, sagt Attak.

»Okay«, antworte ich, »aber wir sollten den Weg hinter dem Palazzo und dann am Hafen vorbei nehmen.«

Die Kameraden nicken, nur Attak sagt: »Nein, ich gehe da quer durch«, und zeigt auf den Platz.

»Red keinen Stuss, du siehst doch, wie viele Bullen da rumstehen.«

»Ist mir scheißegal, ich will mir ein paar Hurensöhne an der Spitze des Zugs vornehmen.«

Wenn Attak sich in etwas verbeißt, ist nichts mehr zu machen. Er läuft auf den Platz zu, wir lassen ihn laufen, gehen um den Palazzo herum und hinunter zum Hafen.

In einer Seitenstraße halte ich einen Typ an, der gerade wegläuft, und frage ihn, was passiert ist. Er sagt, jemand hat vor dem Rathaus einen Molotowcocktail gezündet. Ich kapiere, dass die Bullen das Ganze organisiert haben, um die Autonomen dranzukriegen, nicht uns.

*

Wir erreichen den Hafen. Die Bullenschweine haben alle Seitenstraßen abgeriegelt, die vom Rathausplatz wegführen. Ich, Jago und Teschio klettern auf das Dach eines Fahrkartenhäuschens, um einen besseren Überblick über den Platz zu bekommen. Wir sind weit entfernt vom Krawall, stehen hinter den Reihen der gepanzerten Wagen. Wir hören Schreie, Knallen und den Lärm der Menschen, die zu fliehen versuchen. Sämtliche Seitenstraßen sind durch Polizeikordons abgesperrt und auf dem Platz stehen rund dreihundert Bullen, die mit Schlagstöcken auf alles eindreschen, was sich bewegt. Nicht dass mich das kümmern würde, die militanten Autonomen gehen mir total am Arsch vorbei, aber diese Bullen sind echt verdammte Hurensöhne. Mit ihrer Taktik erzielen sie, dass weder Fotografen noch Fernsehkameras festhalten können, was auf dem Platz geschieht, und so wird es keinerlei Beweise geben. Hubschrauber kreisen ganz tief über dem Platz, streifen beinahe die umstehenden Palazzi. Fünfzig Meter von mir entfernt sehe ich eine Frau mit hoch erhobenen Armen und einen Mann, der sie umarmt. Sie stehen unbeweglich auf dem Platz. Die Frau trägt ein T-Shirt mit dem Konterfei von Che Guevara. Ein Bulle, der gerade auf eine Gruppe Anarchofreaks zustürmt, macht kehrt, läuft zurück und fängt an, sie mit Fußtritten und dem Schlagstock zu bearbeiten. Die beiden gehen zu Boden, der Typ versucht, die Frau zu schützen, doch der Bulle schlägt weiter auf sie ein und tritt dem Mann ins Gesicht, bis er besinnungslos zusammensackt.

In einer Seitenstraße auf der anderen Seite des Platzes stürmt eine Gruppe aus Autonomen und Kameraden gemeinsam gegen ein Einsatzkommando an. Es sind insgesamt rund zweihundert Mann und sie sind gerade dabei, mit Hilfe brennender Müllcontainer Barrikaden zu errichten. Das Einsatzkommando feuert Salven von Tränengaspatronen ab, doch der Wind treibt das Tränengas zum Meer hinunter, und wir, die wir hier unten stehen, müssen uns die Hände vor die Augen halten. Ein paar Typen gelingt es, Tränengaspatronen aufzulesen und damit auf die Bullen zu zielen, doch die tragen Gasmasken. Ich werde echt sauer, dass ich nur Autonome am Boden liegen sehe, aber keinen einzigen verletzten Bullen. Ich sage zu den Kameraden, dass wir was unternehmen müssen, um auf den Platz zu kommen.

»Spinnst du? Du siehst doch, dass sie ihn bewusst abgesperrt haben«, sagt Jago.

»Ich weiß, aber wir müssen uns was einfallen lassen.«

Teschio holt eine Pille aus der Hosentasche und sagt: »Lasst mich mal machen.« Er wirft sich die Pille ein, springt vom Dach des Fahrkartenhäuschens und rennt los.

Wir folgen ihm und ich sehe, dass er sich einem zwanzig Meter von den Bullen entfernt geparkten Auto nähert. Teschio reißt den Deckel des Benzintanks weg, holt eine Flasche mit Alkohol aus dem Rucksack, bespritzt damit die Stelle um den Benzintank und zieht eine Spur, die drei Meter weit wegführt. Der Hurensohn ruft Sieg Heil!, zündet die Spur an und schreit: »Weg da!«, aber wir sind bereits zwanzig Meter entfernt.

Keine fünf Sekunden und das Auto fliegt in die Luft. Gottverdammt, die Kiste explodiert, als wär's eine Handgranate. Großartig! Die Bullen, die zuvor mit dem Rücken zu uns gestanden haben, kommen angerannt. Ein Riesentumult. Sie kreisen uns standardmäßig ein und wollen uns den Arsch aufreißen, aber ein paar kleine Gruppen von Kameraden und Autonomen, die auf dem Platz eingeschlossen waren, nutzen die Situation und attackieren nun die Polizei von hinten mit Pflastersteinen und Flaschen. Die Bullen erwidern den Angriff, aber sie können ihre Reihen nicht mehr geschlossen halten, und auf einer Seite öffnet sich der Platz. Von dort dringen wir auf den Platz vor, stürmen nach links und schlagen los, und zusammen mit uns eine ganze Menge Leute, die durch die Absperrung ausgeschlossen waren. Ich rufe Teschio Sieg Heil! zu und werfe mich auf einen Bullen, der eben sein Schutzschild am Boden auflesen wollte. Ich knalle ihm einen Stiefel vor die Fresse, aber der Scheißkerl hat einen Helm auf und bleibt unverletzt. Ich trete weiter mit den Stiefeln auf ihn ein, während er versucht, seinen Schutzschild zu fassen, aber Jago ist zum Glück schneller, kickt den Schild mit einem Fußtritt weg und entreißt ihm dann den Schlagstock. Der Bulle weiß nicht mehr weiter, seine Kollegen stehen dreißig Meter entfernt und kommen auf uns zu. Wir nutzen die Chance und versuchen, den Typ gemeinsam zu erledigen: Ich ziehe mein Messer aus der Tasche, doch der Bulle verpasst mir einen Fußtritt und das Messer fliegt weg. Daraufhin haut ihm Jago mit dem Schlagstock gegen die Brust und ich trete ihm standardmäßig in die Eier. Je mehr er versucht, sich zu schützen, desto stärker trete ich. Das Ganze dauert sieben Sekunden, dann ziehen wir uns zurück, weil inzwischen die anderen zwanzig Bullen angreifen. »Verdammte Scheiße, ich habe mein Messer verloren«, sage ich. Wir laufen nach rechts, wo sich ein Durchgang gebildet hat, der uns erlaubt, endlich auf den Platz zu gelangen.

Auf der Platzmitte herrscht eine Art Vakuum. Ein umgekipptes Auto lehnt gegen einen Baum, ein paar Müllcontainer brennen lichterloh, am Boden sieht man haufenweise Flugblätter, Plakate und sonstiges Papier und dazwischen hin und wieder eine Blutlache. Der zusammengeschlagene Typ von vorhin liegt immer noch bewusstlos am Boden, während die Frau mit dem Che-Guevara-T-Shirt unbeweglich dasitzt und weint. Ich hebe einen Pflasterstein vom Boden auf und schleudere ihn gegen einen Geschäftseingang. Die Glastür zersplittert, dass es eine Freude ist. Auf der anderen Seite des Platzes greifen die Bullen erneut an, feuern Tränengaspatronen und versuchen, die Barrikaden niederzureißen. Man hört die Sirenen der Feuerwehr und der ersten Krankenwagen, die ankommen, um die Verletzten einzusammeln. Der Platz ist inzwischen vollständig mit Tränengas und dem Rauch der brennenden Müllcontainer und Autos eingenebelt. Durch die Rauchschwaden hört man, wie die Polizei über Megafone die Demonstranten auffordert, den Platz zu verlassen. Unter einem Regen fliegender

Flaschen und Pflastersteine gelingt es uns, die Barrikaden zu umgehen und zu unseren Kameraden auf der anderen Seite durchzudringen. Die Bullen mit ihren Schutzschilden stoßen weiter vor. Hinter ihnen sehe ich eine Streife mit heulender Sirene in die entgegengesetzte Richtung fahren. Mitten auf dem Platz steht ein einzelner Typ mit einer Motorradkette in der Hand, und die Streife fährt geradewegs auf ihn zu. Der Typ merkt es und versucht abzuhauen, aber die Streife gibt Gas. Da hebt er die Motorradkette hoch, um sie gegen die Windschutzscheibe zu schmettern. Daraufhin hört man einen Schuss. Die Bullen durchbrechen die Barrikaden und fallen über uns her. Im Getümmel schlägt mir einer der Kameraden aus Versehen ins Gesicht. Ich falle um. Teschio hilft mir wieder auf die Beine und wir sehen zu, dass wir Land gewinnen. Von Weitem sehe ich gerade noch den Körper des Typen mit der Motorradkette unbeweglich am Boden und höre, wie jemand schreit: »Sie haben ihn erschossen!«

*

»Und dann war der Teufel los«, sagt sie.
»Tatsächlich?«, frage ich.

»Ja, die Polizei hat angefangen, wild um sich zu schlagen. Die Leute haben sich, so gut es ging, verteidigt, ein paar haben Barrikaden aus Müllcontainern errichtet. Aber was konnten sie tun? Sie haben da auf dem Platz gestanden und sich bemüht durchzuhalten. Und dann kam dieser Polizeiwagen und hat versucht, einen Jungen zu überfahren. Der wollte gerade ein Mofa klauen, um abzuhauen, aber die Polizisten haben gedacht, er hätte 'ne Waffe in der Hand. Und haben auf ihn geschossen. Mein Gott, sie haben einen Jungen getötet! Einen jungen Menschen wie du, wie ich!«

Die Dinge sind zwar nicht genau so abgelaufen, aber ich sage nichts. Tue so, als würde ich ihr zustimmen. Warum müssen sich die Bolschewiken eigentlich immer ein solches Gesülze zusammenreimen. Der Junge wollte keineswegs ein Mofa klauen, sondern die verdammte Windschutzscheibe der Bullen einschlagen. Und das hat er gut gemacht. Auch wenn's ein Autonomer gewesen ist, ihm gebührt Ehre! Die tranige Tante hier ist bestimmt weggerannt bis ans andere Ende der Stadt, als die ersten Flaschen geflogen sind. Während Montale und seine Freunde mitten auf dem Platz einen armen Teufel gerade zu Hackfleisch verarbeitet haben. Und spielen sich dann als Kommunisten auf, diese kleinen Scheißbürger.

Aber ich sollte mich besser zurückhalten. Sonst wird die Tante stutzig, kommt möglicherweise noch dahinter, dass ich genau deshalb dabei war, um den Bullen zu zeigen, wo der Hammer hängt, meldet es Montale und ich bin am Arsch. Ich nehme einen Schluck Bier und frage sie: »Was ist nun mit der Party?«

»Wieso?«, erwidert sie.

»Ich meine, Montale und sein Freund haben mir praktisch nichts erzählt. Ich möchte wissen, wo dieses Fest stattfindet, wer Geburtstag hat, so was eben. Und über dich weiß ich auch nichts. Zum Beispiel, wie es dazu gekommen ist, dass du mit ihnen zusammenarbeitest?«

Die Frau heftet den Blick auf mich und bläst den Rauch aus. Es ist klar, dass sie mir nicht antworten will. Sie heißt Leda. Die Art, wie sie sich anzieht, und die Art, wie sie spricht, alles deutet darauf hin, dass sie eine linksalternative Schlunze ist, und das kommt mir spanisch vor. Wie kommt eine Ökotrine dazu, als Informantin für die Bullen zu arbeiten? Als wir uns getroffen haben, war sie ganz schön durcheinander, und es war offensichtlich, dass sie direkt von der Demo gekommen ist. Sie hat sofort losgelegt und einen Haufen Stuss über Faschisten und Polizei erzählt. Ich habe nichts dazu gesagt, nur zugehört. Im Übrigen hatte ich sie mir schlimmer vorgestellt. Ich meine, was weiß ich, so eine Krautstaude mit Damenbart und Pickeln im Gesicht. Aber nein, sie sieht nicht übel aus, so gar nicht zum Wegwerfen.

»Montale hat mir gesagt, du seist eine Art Privatdetektiv. Was machst du genau? Ehebrecher beim Seitensprung ertappen und ausgerissene Hunde einfangen?«

Nein, Schlampen wie dich verarschen.

»Mehr oder weniger so was in der Art«, antworte ich. »Die Hunde müssen natürlich reinrassig sein, für die anderen ist das Tierheim zuständig.«

»Sehr witzig«, sagt sie, drückt die Zigarette aus und macht einen gelangweilten Gesichtsausdruck. Doch sie drückt die Zigarette ungeschickt aus und die Glut versengt ihr ein wenig den rechten Handschuh.

»Warum trägst du Handschuhe bei der Hitze?«

»Weil ich Angst vor Keimen habe.«

»Was für Keime?«

»Keime, die von Gegenständen übertragen werden, die andere Leute angefasst haben.«

Gott, was für eine haben die mir denn da nur aufgedrückt. Ich spiele meine Rolle nicht schlecht. Wenn ich den Eindruck eines Lahmarsches mache, einer langweiligen Dumpfbacke, die nichts auf die Reihe kriegt, umso besser. Die Frau soll mich nur auf die Party begleiten, damit ich den verdammten Computer cracken und den beiden Bullenschweinen die Files aushändigen kann. Im Übrigen kann sie mich mal, und zwar kreuzweise, sie und ihre beschissenen Bolschewikenideen.

Wir reden noch eine halbe Stunde lang über irgendwelchen Scheiß, dann sagt sie zu mir, es ist spät geworden. Ich rufe den Kellner, um zu zahlen, aber sie sagt: »Lass mal, das übernehme ich«. Ich mache noch einen schwachen Versuch, tu so, als wollte ich die Rechnung übernehmen, so wie das die Scheißbürger eben machen, doch sie sagt: »Hör zu, mit dieser Tour erreichst du hier gar nichts.« Dann steht sie auf und bezahlt an der Kasse. Als sie zurückkommt, reicht sie mir die Hand in dem weißen Handschuh und sagt, bis morgen. Ich bleibe noch und bestelle ein Blondes.

Als ich nach Hause komme, bin ich ziemlich besoffen. Ich mache noch ein Bier auf, boote die Maschine und lade meine E-Mails runter. Bis auf eine einzige Mail von der Newsgroup habe ich nur Spams bekommen. Ich öffne die Mail und das Bier fällt mir aus der Hand.

*

From: SkinNewsNeapel (SN@frontskin.org)
Date: 05.01.2002 16:22
Newsgroup: newsna.skin.group

NEWS – Brandaktuelles Update: Während der heutigen Veranstaltung feuerte ein Bulle um 13.15 Uhr einen Schuss ab und tötete einen Jungen auf dem Rathausplatz. Es kursieren Gerüchte, dass es sich dabei um den Hauptzeugen in der internen Untersuchung um die Drogen- und Geldwäscheaffäre bei der Bullerei handelt.

*

Verdammte Scheiße.

Was zum Teufel bedeutet das.

Hier geschehen zu viele Dinge gleichzeitig, und ich glaube nicht an Zufälle. »Operation Paradise« ist Megamist. Ich weiß zwar nicht, was die Bullen vorhaben, aber ich habe keine Lust, ihnen dabei in die Quere zu kommen. Der Hurensohn Montale baut einen Riesenscheiß, und die ganze Geschichte schmeckt mir nicht.

Als ich klein war, habe ich immer gedacht, wenn ich jemals in eine vertrackte Situation gerate, beschaff ich mir als Erstes ’nen Haufen Asche und verschwinde dann aus Neapel. Jetzt scheinen mir die Dinge über den Kopf zu wachsen, offenbar ist meine Stunde gekommen.

Ich öffne meine Zauberliste und verbinde mich vorsichtshalber mit dem sichersten Proxy-Server, den ich kenne. Er ist langsam, aber ich kann wenigstens relaxed bleiben und riskiere nichts. Mit dem Hurensohn Headlock sieht das schon ganz anders aus. Ich verwische ein wenig meine Spuren, dann cracke ich zwei Konten der Banca di Roma, deren Passwörter ich eigentlich schon vor einiger Zeit entschlüsselt habe. Die Konten gehören zwei Scheißbürgern mit Geld wie Heu, so im Stil des Baumpissers Delieto. Ich nehme zwei Überweisungen auf meine Bank vor, über insgesamt sechzigtausend Euro. Selbst wenn sie entdecken sollten, dass ich es gewesen bin, werde ich zu dem Zeitpunkt bereits über alle Berge sein. Weit weg von Neapel, weit weg von Italien. Ich gehe auf die Website der Fluglinien und schaue mich nach einem Flug morgen Vormittag um. Der erste Flug geht um sechs Uhr nach Moskau. Scheiße, das Land der verdammten Kommunisten. Doch die nächsten Flüge sind eine Stunde später, und okay, dann soll es eben Moskau sein. Für die Buchung benutze ich eine geklonte Kreditkarte, ich habe auch den falschen Pass aufbewahrt. Ich erhalte die Mail mit der Buchungsbestätigung, stürze den letzten Schluck Bier hinunter und mache mich ans Packen. Ich nehme nur einen großen

Rucksack mit, packe ein paar Klamotten, den Laptop, die Back-up-DVDs meines PCs und ein paar Dokumente ein, die mir nützlich sein könnten. Verdammt, was für eine beschissene Situation. Um dreiundzwanzig Uhr bin ich reisefertig, ich muss nur noch ein paar Stunden warten und dann zum Flughafen fahren. Das untätige Herumsitzen ödet mich an. Ich will mir gerade ein letztes Blondes genehmigen, als ich sehe, dass auf dem Monitor des PCs etwas blinkt. Es ist die geile Chat-Schnecke.

Daran hatte ich gar nicht mehr gedacht. Gute Idee.

*

Session start: Wed May 01 2002 23:07:44

<Luder27-> willst du meine möse sehen?
<DUX-> ?hast du eine webcam
<Luder27-> nein, aber die fotos vom letzten mal
<DUX-> ok
Recieving foto1.jpg from luder27
<luder27-> es macht mich scharf, wenn man mich schlecht behandelt
<DUX-> heißt das, wenn ich dich
<DUX-> fotze nenne
<DUX-> ?erregt dich das
<luder27-> ja
<luder27-> sehr sogar
Get of foto1.jpg from luder27 complete
<DUX-> ok

No such nick/channel
No such nick/channel

<luder27–> sorry
<DUX-> ?probleme mit der verbindung
<Luder27-> ja, weißt du was?
<DUX-> ?was
<Luder27-> der schnitt auf dem handrücken, den ich mir gemacht habe,
<Luder27-> tut verdammt weh
<DUX-> ok, du schlampe, dann reck jetzt deinen nackten arsch in die luft
<DUX-> und kneif dich in die schenkel
<Luder27-> ok
<DUX-> jetzt streich dir über die titten, aber langsam, dann
<DUX-> nimm die brustwarzen zwischen zwei finger und drück zu, bis du schreist
<Luder27-> ahhhhhhhhhhhhhhh jaaaaaaa
<Luder27-> wenn du sehen könntest, in welcher stellung
<Luder27-> ich jetzt bin
<DUX-> hau dir auf die möse
<Luder27-> jaaaaaa
<DUX-> ich gebe dir 20 sekunden zum kommen
<DUX-> wenn ich dich nicht schreien höre
<DUX-> hau ich dir eine runter
<Luder27-> ok ok, quäl mich
<Luder27-> peitsche mich
<DUX-> beiß dir in die brustwarze

<Luder27-> mmmhhhh
<DUX-> jetzt steck ich ihn dir in den mund, tief in den rachen!
<Luder27-> ja, und dort wirst du zu tode kommen
<DUX-> ?
<DUX-> ?was ist denn mit dir los
<Luder27-> ich führe dich in meine finsternis
<DUX-> nein, ich meinte, was willst du damit sagen
<Luder27-> denn ich verzehre dich
<DUX-> komm schon ...
<Luder27-> ich lass dich glühen und treibe dich zum höhepunkt, dass es dir den atem verschlägt
<DUX-> hey
<DUX-> ?
<DUX-> ?bist du noch da
<DUX-> verdammt, das war kein foto
<DUX-> scheiße, die harddisk

No such nick/channel

<DUX-> neeeeiiiiinnnnnnnnnnnnnn

Session closed: Thu May 02 2002 00:03:21

Verdammt, die Schlampe war ein Hacker. Scheiße, ich hätte es wissen müssen. Die Schlampe war ein Hacker und ich bin ein Vollidiot. Die hat mich nach Strich und Faden verarscht. Sie hat mir die Maschine leer gefegt. Alle meine Files sind futsch. Die Konten, die ich gecrackt hatte, alles im Arsch. Sie hat aus reiner Schikane sogar die Flugtickets annulliert. Fiese Pottsau. Und ich verwichster Denkkrüppel. Ich bin echt ein Volltrottel, die Schlampe hat mir einen Virus geschickt, der eine Backdoor installiert hat. Die abgefuckteste Methode der Welt. Ich habe sofort den Stecker rausgerissen, aber es war schon zu spät, das System war bereits futsch. Ich Vollidiot. Dass ich aber auch immer an virtuelle Schlampen geraten muss! Ist ja klar, dass ich mir früher oder später etwas einfangen würde. Jetzt bin ich echt am Arsch. Ich muss das Betriebssystem neu installieren und zusehen, ob ich noch irgendwas von der Harddisk retten kann, aber ich habe keine Zeit, dazu würde ich mindestens zwei Tage brauchen.

Die Bastardhure ist schlau: Sie muss sich schon eine ganze Weile darauf vorbereitet haben, mich in dem Moment reinzulegen, wo ich es am wenigsten erwarte. Ich schließe den Laptop an und surfe die ganze Nacht im Internet, um die Situation zu checken, aber meine Konten sind bereits leer geräumt und alle meine Archive im Netz futsch. Hereingelegt mit einer Fotografie. Judensau! Aber was zum Teufel geht hier eigentlich vor? Irgendjemand verarscht mich doch nach Strich und Faden. Wenn mir das, sagen wir, vor einem Monat passiert wäre, hätte ich nichts gesagt, ich meine, dann hätte ich einfach gesagt, ganz ruhig, irgend so ein Anarchofreak will dich fertigmachen. Aber der ganze Scheiß geschieht genau in dieser ätzenden Woche und genau einen Tag, bevor ich den Computer eines Typen cracken soll. Besser gesagt, wenige Stunden, bevor ich aus Neapel abhauen will. Das gibt mir sehr zu denken und ein Verdacht keimt auf, ich meine, ich habe eine seltsame Vorahnung. Verdammt, jetzt rede ich schon wieder wie so ein abgefuckter Privatdetektiv.

Egal. Für einen Versuch, die Daten meiner Maschine zu retten, ist es zu spät, und deshalb verbringe ich den Donnerstag damit, abwechselnd zu schlafen und Wutanfälle zu kriegen. So gegen sechs Uhr bereite ich mich langsam auf diese Scheißparty vor. Jetzt bin ich gezwungen hinzugehen. Ich hoffe nur, es passiert nicht noch mehr Mist. Ich muss auf der Hut sein.

Auf der Party hängen jede Menge Scheißbürger rum. Ich musste mir Bundfaltenhose, Hemd und Jackett anziehen und fühle mich albern. Die Villa sieht aus wie ein Seniorenheim: Überall hängen alte Bilder, überall stehen Silberzeug, Bücher und Porzellan herum. Ich habe mich bereits erkundigt, das Zimmer des Mistkerls liegt im Obergeschoss. In der Innentasche des Jacketts habe ich einen USB-Stick, ein paar Kabel, einen Schraubendreher und etwas Software dabei. Sobald ich kann, setze ich mich ab, gehe hinauf in sein Zimmer und cracke den PC.

Leda, die Informantin, kommt mir heute weniger ätzend vor als gestern. Als ich sie um halb acht im Stadtteil Vomero abgeholt habe, waren bereits ein paar ihrer stinkbürgerlichen Freunde da. Sie war nicht mehr wie eine alternative Schlunze angezogen, sondern trug ein elegantes Kleid. Es ist immer dasselbe mit diesem Kommunistenpack: Geld wie Heu, aber angezogen wie Penner. Sie hat mich lächelnd begrüßt, hatte aber immer noch die weißen Handschuhe an.

Unten, am Hafen, hat eine Gruppe verkokster Schwuchteln mit einem Boot auf uns gewartet, das uns zur Insel bringen sollte. Das Boot war voller Schlampen. Die Schlampen waren ein einziges hysterisches Gegacker und die Schwuchteln trugen alle weiße Hemden und hatten blonde Strähnchen. Ich habe mir vorgestellt, wenn jetzt Attak und die andern hier wären, wie wir dieses Schwulennest ausräuchern würden. Egal. Nun war ich hier und musste so tun, als würde ich mich amüsieren und als sei ich einer von ihnen. Meine Tätowierungen sah man zum Glück nicht. Ich habe links und rechts ein bisschen mit ein paar Leuten geplaudert. Das Meer war okay. Der Kahn war mindestens zwanzig Meter lang, ab und zu ist ein Negermatrose in weißer Livree vorbeigekommen und hat die Gläser eingesammelt, um sie auszuspülen. Ich habe etwas getrunken, aber dann, nach dem dritten Glas, habe ich aufgehört, weil ich einen klaren Kopf behalten musste. Die Gespräche der Schlampen und Schwuchteln haben sich um die üblichen stinkbürgerlichen Themen wie Fußball, angesagte Lokale, Autos und Geld gedreht. Sollte mir je einer von denen im Stadion über den Weg laufen, schmeiß ich das Arschloch zusammen mit den Bullen in den Graben. Egal, jedenfalls habe ich so getan, als würde ich mich amüsieren, habe wie alle anderen über die idiotischen Jokes gelacht, ab und zu selbst einen dürren Witz beigesteuert, mal nach links, mal nach rechts gelächelt und mich dann in die Kabine verzogen. Nach einer halben Stunde ist ein kleines schwarzhaariges Partyluder zu mir gekommen und hat mir ein Glas hingehalten.

»Was ist das für Zeug?«

»Champagner«, hat sie gesagt. »Du bist ein Freund von Leda.«

»Ja.«

»Sie hat mir gar nicht gesagt, dass du so süß aussiehst.«

»Mir auch nicht.«

Sie hat gelacht, die blöde Gans. Ich hätte große Lust gehabt, sie ins Meer zu schmeißen oder zu ersäufen. Doch dann ist mir eingefallen, dass sie eventuell nützlich sein könnte, und ich habe mich bemüht, artig zu sein.

»Kennst du den Typ, der diese Party organisiert?«, habe ich gefragt.

»Ja, klar. Man könnte sagen, er ist ... mein Exfreund.«

Großartig!

»Ach ja? Interessant. Und was ist er so für ein Typ?«

»Wie meinst du das?«, hat sie misstrauisch gefragt.

Ich meine, was er lieber mag, einen Arschfick oder einen Mundfick. Die Schlampe war übertrieben empfindlich.

»Nun, ich frage mich, ob es ihn nicht stresst, die ganzen Leute hier zu empfangen.«

»Ach so, nein. Manuel liebt es, Feste zu geben. Außerdem hat er heute Geburtstag und je mehr Leute kommen, desto besser.«

Im Grunde war sie gar nicht mal so hässlich. Ich meine, wenn sie sich die Haare schneiden und sich was Anständiges über den Hintern ziehen würde, könnte man glatt Lust bekommen, sie flachzulegen. Aber ich durfte mich jetzt nicht ablenken lassen. Solcher Scheiß hat mich bereits den PC gekostet.

»Du hast mir überhaupt noch nicht gesagt, wie du heißt«, hat sie gesagt.

»Stimmt.«

»Na gut, ich heiße Michelle.«

Jetzt wurde es brenzlig.

»Erfreut, dich kennenzulernen, Michelle. Was ist das?«, habe ich gefragt und auf eine riesige Tätowierung rund um ihren Knöchel gezeigt.

»Das ist eine Tätowierung.«

Bravo. Trantüte.

»Ja, das weiß ich auch. Ich meine, was stellt sie dar.«

»Ach so, ja, das ist mein Astralbild. Ich habe es mir tätowieren lassen, damit ich es nie vergesse ... «

»Was für ein Bild?«

»Mein Astralbild: die Konstellation zum Zeitpunkt meiner Geburt. Manuel hat es mir gezeichnet, er ist supergut in solchen Dingen. Siehst du hier das rote Zeichen neben dem Haus da? Das ist mein Mond, ich habe den Mond im Krebs. Das bedeutet, dass ich eine träumerische Frau bin. Manuel sagt, seiner Ansicht nach ist der Mond noch wichtiger als die Sonne, weil er den unterbewussten weiblichen Teil von uns allen darstellt.«

Mein Gott! Jetzt hört euch die an!

»Aha«, habe ich gesagt und ihr nur ein Lächeln geschenkt, denn hätte ich den Mund aufgemacht und gesagt, was ich davon hielt, hätte sie nur noch Sterne gesehen.

Inzwischen hatten sich die anderen Gäste verzogen und wir waren allein in der Kabine. Die Type war bei Champagner geblieben und man konnte deutlich sehen, dass sie bereits ziemlich Schlagseite hatte. Dann fing sie an, allein zu tanzen, völlig albern. Doch plötzlich kam sie auf mich zu, zog sich den Rock hoch und versuchte, sich rittlings auf meine Knie zu setzen. Ich habe sie streng angeschaut und gesagt:

»Was machst du da?«

Sie tat verlegen, antwortete nicht und wurde rot, machte aber weiter, bis sie ganz auf mir saß. Ich habe sie machen lassen, wollte sehen, was sie im Schilde führte. Als sie schließlich auf meinen Knien saß, hat sie in mein Hemd gegriffen.

»Was machst du?«, fragte ich noch mal.

Das Luder hat mir das Hemd aufgeknöpft, und diesmal tat sie nicht mal so, als ob. Theoretisch hätte ich mich auf das Spielchen einlassen können, denn bis zur Insel dauerte es noch eine ganze Weile, und das Luder war nicht zum Wegwerfen. Doch dann wurde mir klar, dass ich gerade dabei war, eine stinkbürgerliche Schlunze flachzulegen, und das hat mich nun wirklich angekotzt. Und als sie ihre Zunge ausfuhr und mich ablecken wollte, habe ich bloß gesagt:

»Ich fürchte, du hast dich in der Person geirrt.«

Ich habe sie verächtlich angeschaut, während ich mir das Hemd zugeknöpft habe, und sie hat geschwiegen. Dann bin ich die Treppe hoch und hinaus aufs Deck. Das Luder ist auf dem Sofa hocken geblieben, mit tief beschämter Miene und den Tränen nahe. Skin Heil!

*

Auf Capri ist es kalt. Am Hafen werden wir von einer Art Bus abgeholt, der uns zu einer Villa über den Felsenklippen bringt. Diese Bonzen von Villenbesitzern haben so viel Geld, dass es ihnen aus den Ohren und aus dem Arsch quillt. Kaum sind wir auf der Party, kommt Leda zu mir, grinst und flüstert mir ins Ohr:

»Michelle hat gesagt, sie hätte versucht, dich zu küssen, aber du hast dich gesträubt. Was war los, gefällt sie dir nicht? Sie ist ziemlich gekränkt.«

Och, das arme Ding. Ehrlich gesagt, ist sie eine Runde zu weit gegangen und ich habe sie in die Schranken verwiesen. Ich glaube gern, dass sie das gekränkt hat.

»Nein«, lüge ich, »es ging mir bloß alles irgendwie zu schnell.«

»Hör zu«, sagt sie und wird ernst, »ich weiß nicht, was du hier zu suchen hast, ob du im Auftrag von Montale hier bist oder dein eigenes Ding machst, und es interessiert mich auch nicht. Doch eins sag ich dir: Blamier mich nicht vor Manuel.«

»Ganz ruhig, es ist alles unter Kontrolle«, sage ich.

»Das ist Manuel«, sagt sie und zeigt auf einen Typ, der gerade auf uns zukommt.

Ehrlich gesagt, habe ich was Besseres erwartet.

Manuel, der alternativ-bürgerliche Hausherr, sieht aus wie ein Nano-Gnom mit Kraushaar und Brille, dessen Anzug an die zehntausend Euro gekostet haben mag und trotzdem beschissen aussieht. Wie gesagt, er kommt auf uns zu, begrüßt Leda, stellt sich anschließend mir vor und ich ringe mir ein Lächeln ab. Er drückt mir ganz kurz die Hand und geht gleich weiter, um die nächsten Gäste zu begrüßen. Und dennoch schaut er mich einen Augenblick zu lange an, ich meine, er mustert mich. Ich wittere etwas Seltsames hinter der dämlichen Brille. Als würde er irgendwas erwarten. Ich meine, mir ist schon klar, dass das die übliche Paranoia ist, die einen standardmäßig anfällt, wenn man dabei ist, ein Hackerding oder etwas in der Art durchzuziehen. Aber der Blick, mit dem er mich angesehen hat, kommt mir seltsam vor.

Zwei koreanische Kellner gehen mit Tabletts umher und verteilen Champagner an die Schlampen und Schwuchteln. Wenn Teschio mit Thor 2 hier wäre, würde ich der Bestie dieses ganze freakig-alternative Gesindel zum Fraß vorwerfen. Aber Teschio ist nicht hier. Ich begnüge mich damit, einem der Schlitzaugen ein Bein zu stellen, als er an mir vorbeigeht, sodass er auf die Schnauze fällt und die ganzen Gläser in tausend Scherben zerspringen. Irgendjemand lacht. Ich tue sehr bekümmert und helfe ihm auf die Beine, das Schlitzauge hat nicht gemerkt, wer es gewesen ist. Und dieser Arsch von einem Arbeitgeber macht ihn nicht einmal zur Schnecke. Er sagt bloß, fegt das weg und bringt neue Gläser. Der freakige Nano-Gnom.

Soweit ich begriffen habe, befindet sich das Zimmer

des Hausherrn im oberen Stock. Die Villa ist groß, erstreckt sich über zwei Stockwerke, dazu einen Garten und sogar einen Swimmingpool. Ich, Leda, Luder-Michelle und ein, zwei andere Trottel sitzen auf dem Sofa. Draußen sind Wärmestrahler an, aber es hat angefangen zu regnen und die Gäste kommen alle wieder herein. Der große Wohnraum füllt sich rasch mit verkoksten und besoffenen Arschlöchern. Auch Manuel kommt herein, mit einem Glas Irgendwas in der Hand, setzt sich auf das Sofa neben Leda und beginnt ein Gespräch über Esoterik und anderen Stuss. Das geht eine gute halbe Stunde lang so, und offensichtlich unterhalten sie sich prächtig bei ihrem idiotischen Gelaber. Ich glaube, Leda versucht, bei ihm zu ankern, sie rückt ihm auf die Pelle, kitzelt ihn ein bisschen und zwickt ihn in den Arm. Dann fährt sie mit der Hand unter sein Hemd und zieht es hoch. Die beiden tun so, als würden sie miteinander ringen, aber ich bin überzeugt, dass sich der verwichste Freak bereits sicher ist, dass er sie flachlegen wird. Schön für ihn. Leda zieht ihm das Hemd noch weiter hoch und ich bemerke auf seinem Rücken die gleiche Tätowierung, wie sie das Flittchen von Exfreundin hat. Ich meine, die Tätowierung ist gleich, bloß der rote Mond ist viel größer und liegt unterhalb der Wellenzeichnung. Gottverdammt, nun schaut euch die Arschlöcher an, womit die ihre Kohle verbrennen!

Die beiden ringen weiter, ab und zu stößt Leda mit ihrem Bein an meins, und das nervt mich tierisch, aber ich tue, als wenn nichts wäre. Luder-Michelle jedoch bemerkt es und lächelt mir zu. Vielleicht hofft sie immer noch, dass sie mich rumkriegt. Was gar keine schlechte Idee wäre. Ich meine, nicht die Möglichkeit, sie aufs Kreuz zu legen, sondern die Chance, einen Vorwand zu finden, um mich von dem Gesindel zu entfernen. Und so lächle ich zurück und gebe ihr mit einer Kopfbewegung ein Zeichen. Sie erhebt sich und folgt mir. Als wir im Flur sind, nimmt sie mich bei der Hand und steigt die Treppe hinauf.

»Was ist da oben?«, frage ich.

»Manuels Zimmer.«

Gut.

Luder-Michelle zieht mich an der Hand durch den Flur, wo fünf Arschlöcher einen Joint rauchen. Unten hat jemand die Stereoanlage aufgedreht und die Typen beginnen zu tanzen.

Wir betreten das Zimmer und sie schließt die Tür ab. Der Raum ist ziemlich groß. Es stehen ein paar typische Freak-Gegenstände herum: eine Bongo, ein Bücherregal mit einem Haufen Bücher und ein Bett. Neben dem Bett liegt ein Stapel Zeitschriften mit Titeln wie Astrology, Astro-Magazine, Karma und solchem Scheiß. Und dann ist da noch der PC. Seine Maschine. Das Flittchen nähert sich mir und zieht sich standardmäßig den Rock hoch. Verdammt, das ist ja geradezu eine Manie. Ich muss eine Möglichkeit finden, sie mal kurz auf Abstand zu halten. Ich tue so, als wäre ich schon ganz spitz, küsse sie und beginne, ihre Titten zu massieren. Sie zieht an meinem Hemd und fährt dann mit der Hand unter meine Jacke.

»Michelle ... «, sage ich.

Sie hält inne und schaut mich an. Nun wollen wir

mal sehen, ob sie anbeißt.

»Ich bin viel zu nüchtern.«

»Ja, und?«

»Ich brauche etwas zu trinken.«

Sie schaut mich noch ein paar Sekunden länger an. Dann raunt sie mir ins Ohr: »Rühr dich nicht von der Stelle«, und öffnet die Tür.

»Warte«, halte ich sie zurück, »weißt du, was ein Blondes ist? Kannst du so etwas auftreiben und ein bisschen Wodka beimischen?«

»Ja, okay, aber lass mich endlich gehen«, sagt sie und verschwindet nach unten.

Skin Heil!

*

Jetzt aber ran. Unten hat jemand die Stereoanlage bis zum Anschlag aufgedreht, und auch der Flur ist inzwischen voller Leute. Ich schließe die Tür und setze mich vor die Maschine. Ergonomische Tastatur und hipper Flachbildschirm, der ein Heidengeld gekostet haben muss. Das überrascht mich nicht, das habe ich erwartet. Etwas ganz anderes jedoch macht mich stutzig. Ich sehe keine peripheren Geräte außer der Maus und der Tastatur. Keine Lautsprecher, kein Modem, kein Scanner, keine Infrarot-Ports, kein Drucker, nichts, rein gar nichts, nicht einmal ein Diskettenlaufwerk oder ein CD-Leser. Ich schalte die Schreibtischlampe an, bücke mich, um mir die Hardware näher anzusehen, und stelle fest, dass die Schnittstellen für die peripheren Geräte alle defekt sind. Das heißt, sie sind verschmolzen, als hätte jemand versucht, sie mit einer Flamme zu verschweißen, um sie unbrauchbar zu machen. Scheiße, nur ein einziger USB-Anschluss funktioniert. Außerdem ist das Computergehäuse verlötet und am Boden festgenagelt. Ich kann es nicht einmal aufschrauben. Gottverdammt, um das Ding wegzutragen, müsste man eine Akku-Flex oder Dynamit haben. Ich packe den PC an beiden Seiten und ziehe, aber er bewegt sich keinen Millimeter. Verdammt, diese Maschine ist in einen Panzerschrank verwandelt worden und ich habe keine Zeit, ihn zu knacken. Auch die Kabel und die Software, die ich mitgenommen habe, nützen hier einen Scheißdreck. Die Situation macht mich langsam nervös. Der Hurensohn ist intelligent. Wer weiß, was für eine Hacker-Beute da drin lagert.

Ich schalte den PC ein. Er summt, beginnt den Selbsttest, fragt den Datenspeicher ab und verlangt ein Passwort. Ein Passwort mit acht Zeichen. Jetzt wird meine Nervosität zur Panik. Ich habe keine Möglichkeit, meine Software zu benutzen oder sonst etwas zu unternehmen, um das BIOS zu cracken. Die einzige Alternative wäre, die Maschine aufzuschrauben und das Motherboard zu manipulieren oder den Chip kurzzuschließen. Aber so, wie die Situation hier aussieht, wäre es leichter, die Harddisk zu demontieren und mitzunehmen. Nur – ich habe keinen Schweißbrenner dabei. Und ich habe, gottverdammt, keine Zeit. Draußen vor der Tür wird der Lärm der tanzenden Partymeute immer lauter. Das macht mich noch kribbeliger. Ich muss mich beeilen, denn auch das Flittchen kann jeden Moment zurückkommen. Instinktiv probiere ich ein Brute Forcing mit Awkward, 589589, AMI_SW, Biosstar und anderen Backdoor-Passwörtern, aber nichts funktioniert. Ich versuche es auch mit abgefuckten Passwörtern wie ANARCHIE und KarlMarx, dem beliebtesten Passwort der Zecken, aber nichts funktioniert. Scheiße, sage ich. Ich muss nachdenken.

Ich schaue mich um. Nichts in diesem Raum scheint mir einen Hinweis zu geben. In diesem Scheißzimmer gibt es nicht mal einen Schrank und der Schreibtisch hat keine Schubladen. Verdammte Scheiße, ein Hacker, dem es nicht gelingt, eine verwichste Maschine zu cracken. In dem Regal stehen zahlreiche Bücher, aber mir fehlt die Zeit, um sie alle zu durchstöbern. Doch etwas fällt mir auf. Ein einziges Buch liegt waagerecht, während alle anderen aufrecht angeordnet sind wie in einer Buchhandlung. Ich nehme es in die Hand. Es trägt den Titel »Die Linke«. Was ist denn das, eine Autobiografie des Bonzenfreaks, denke ich. Ich lache in mich hinein. Die Linke. D-I-E-L-I-N-K-E. Acht Buchstaben. Krass, ich bin ein Genie. Ich tippe den Titel und drücke die Eingabetaste. Fehlermeldung. Scheiße, sage ich, verdammter Hurensohn. Ich schaffe es nie und nimmer, ich bin am Arsch. Wenn jetzt das Flittchen zurückkommt, ist alles gelaufen.

Ein Einstiegspasswort ist die abgefuckteste und sicherste Sache der Welt: Der PC funktioniert nicht, die Harddisks funktionieren nicht, die peripheren Geräte nicht, rein gar nichts geht, solange du dieses verdammte Passwort nicht eingibst. Gottverdammt, wenn ich wenigstens das Motherboard demontieren könnte! Mir bleibt nur noch wenig Zeit, um ein paar letzte Versuche zu starten, dann wandere ich direkt nach Poggioreale. Ich höre vereinzelte Stimmen von unten, die lachen und den Namen des Flittchens rufen. Michelle ist also im Anmarsch. Ein letzter Versuch, verdammt, nur noch ein allerletzter Versuch. Seit einer Woche warte ich auf diesen Moment und jetzt bin ich hier und weiß nicht, was ich tun soll. Ich fühle mich total blockiert. »Verdammtes Kommunistenpack!«, schreie ich. Keine Ahnung, wieso, aber ich stehe auf und fange an, mit allem um mich zu werfen, was mir in die Finger gerät. Manchmal kommen einem die besten Ideen, wenn man eine Stinkwut im Bauch und nichts mehr zu verlieren hat. Ich schleudere alle Bücher im Bücherregal zu Boden, haue mit der Faust auf die Maschine und bearbeite den Stapel Zeitschriften neben dem Bett mit Fußtritten. Als ich gerade den Monitor vom Schreibtisch stoßen will, fällt mein Auge auf eine der Zeitschriften. Sie heißt »Astrology«, irgend so ein esoterischer Schrott. Ich halte instinktiv inne. Der Nano-Gnom hat einen Fimmel für solches Zeug. Auf dem Rücken trägt er eine Tätowierung, die der seiner Exfreundin fast aufs Haar gleicht. »Das ist mein Mond ... Manuel sagt, seiner Ansicht nach ist der Mond noch wichtiger als die Sonne.« Der rote Mond. Auch der Nano-Gnom hat so einen Mond tätowiert. Der Mond unter der Wellenzeichnung. Sternzeichen. Wellen. Wassermann. Aquarius. A-Q-U-A-R-I-U-S. Acht Buchstaben.

Ich tippe das Wort Aquarius und drücke die Eingabetaste.

Die Harddisk beginnt zu summen und der PC fährt hoch.

Skin Heil!

*

Großartig! Ich bin ein Genie. Der Nano-Gnom hat den Nonsens aus seinem Astralbild oder wie man den Scheiß nennt als Passwort verwendet. Wie kann man nur so dämlich sein. Ich denke an das Gesicht, das der Idiot machen wird, wenn er seinen PC gecrackt vorfindet. Das Summen der Harddisk wird intensiver. Ich schließe meinen USB-Stick an der Schnittstelle der Maschine an. Als Betriebssystem ist – typisch für linksalternative Freaks – die freie Distribution Debian für Linux installiert. Die Archive sind alle fein säuberlich geordnet. Ich schaue mich mal ein bisschen um und finde eine ganze Reihe interessanter Files sowie Programme, die der Nano-Gnom geschrieben hat, außerdem Codes von geklonten Mobiltelefonen, Passwörter von gecrackten Servern und sonstiges Zeug, um gratis im Internet zu surfen. Da sind sogar ganze Chatroom-Konversationen aufgezeichnet und ein Haufen Pornos gespeichert. Der Bastard hat hackertechnisch ganz schön was auf dem Kasten. Es gibt nicht einen Telefonanschluss in diesem Zimmer, es muss also noch ein weiterer PC in der Villa vorhanden sein, über den er Zugang zum Internet hat. Ich durchsuche ganz schnell die Harddisk und finde endlich, was das Arschloch Montale haben will: das Archiv mit den Zugangsdaten der Banken und die entsprechenden Passwörter. Ich transferiere alles auf den USB-Stick und checke noch kurz die Directory durch. Dabei bemerke ich, dass einige Files keine Benennung haben. Ich öffne sie und beginne langsam zu verstehen. Da sind eine ganze Menge Personendateien von Bullen mit Foto, Lebenslauf und dem ganzen Zipp und Zapp, einschließlich einiger kursiv geschriebener Notizen mit Texten wie »vertrauliche Information« und Ähnlichem. Ich könnte wetten, das sind die unsauberen Machenschaften der Bullerei. Ich sehe mich noch ein wenig auf der Harddisk um und begreife langsam, dass der Hurensohn ein ganzes Archiv gecrackter Ware besitzt, ich meine, Zeugs, an dem man sich die Finger verbrennt, wie Adressen, Telefonnummern, abgehörte Telefongespräche, Kreditkarten-Codes und so weiter. Ich kopiere auch dieses ganze Zeug auf meinen USB-Stick und mir kommt langsam der Verdacht, dass mich die Bullen nicht nur hergeschickt haben, um ein paar beschissene Files zu klauen. Sie haben mich hergeschickt, damit ich ihnen ein ganz großes Tier ans Messer liefere. Und dann stoße ich plötzlich auf ein enormes Archiv mit dem Namen »Nazi Paradise«. Scheiße. »Operation Paradise«? Von wegen! Verdammte Hurensöhne. Ich öffne das Archiv und finde eine Menge Files, alle schön chronologisch geordnet. Ich mache ein paar davon auf und lese. Da sind haufenweise Informationen über die Tätigkeiten der Kameraden, aber auch über terroristische Aktivitäten und über Leute, die ich kenne. Ganz am Schluss des Archivs finde ich Bilddateien. Ich greife mir zufällig eine heraus und öffne sie.

Scheiße, sage ich.

Das File enthält ein Foto.

Mein Foto.

Mein Foto, auf dem ich einen Typ im Stadion fertigmache.

»Gute Arbeit, mein kleiner Naziskin«, ertönt eine Stimmt hinter mir.

Ich schrecke auf und drehe mich um. Und sehe sie. Wie sie eine Pistole auf mich richtet. Die Harddisk hört auf zu summen.

*

Diese Kackschlampe von Leda richtet eine Pistole auf mich. Eine Pistole mit Schalldämpfer.

»Gib mir den Pendrive mit den Files.«

»Erklär mir, was hier eigentlich abgeht«, erwidere ich.

»Gib den verdammten Pendrive her und stell keine Fragen.«

Scheiße, sie scheint es ernst zu meinen. Ich ziehe den Stick aus dem USB-Anschluss und die Maschine, die in der Zwischenzeit in Stand-by gegangen ist, beginnt erneut zu summen. Ich werfe ihr den Stick zu und sie greift ihn sich mit der freien Hand aus der Luft. Sie trägt immer noch die weißen Handschuhe. Sie steckt den USB-Stick in die Tasche, dann gibt sie mir mit der Pistole zu verstehen, dass ich mich aufs Bett setzen soll. Sie geht zum PC, zieht einen anderen Speicher-Stick aus der Tasche und steckt ihn in die USB-Schnittstelle: Ein automatisches Programm startet, sie gibt irgendwas auf der Tastatur ein und drückt dann die Eingabetaste. Scheiße, die Schlampe wusste über alles Bescheid. Ich habe mich zum Narren machen lassen, wie der letzte Idiot. Sie brauchte bloß zu warten, bis ich die Maschine gecrackt hatte, um dann den ganzen Inhalt zu löschen.

»Wer sagt dir, dass Manuel nicht noch andere Kopien der Files besitzt?«

»Niemand«, sagt sie lachend, »aber das macht nichts, ich tu das hier nur zum Spaß.«

Oh Gott, die Schlampe ist geistesgestört.

»Hast du tatsächlich gedacht, dass dich niemand überwachen würde? Montale hat recht gehabt, ihr Nazis seid alle gleich: Ihr Schwachköpfe haltet euch für überlegen, macht dann die blödsinnigsten Fehler und bildet euch ein, keiner merkt was. Und das Irrwitzige daran ist, dass oft genug tatsächlich keiner etwas merkt. Aber diesmal schon, mein Lieber, diesmal wirst du nicht ungeschoren davonkommen.«

Die Schlampe richtet die Pistole auf mich, zielt und spannt den Hahn. Ich schließe die Augen. Scheiße, was für ein abgefucktes Ende. Ich weiß nicht, was für ein Geräusch bei einem Schuss aus einer Pistole mit Schalldämpfer entsteht. Vielleicht spüre ich den Schuss beim Eindringen in meinen Kopf oder ins Herz, aber ich höre ihn nicht.

Was ich jedoch höre, ist ein Geräusch am Boden, als wäre etwas heruntergefallen. Ich öffne die Augen und sehe Leda mit erhobenen Händen dastehen. Die Pistole liegt zu meinen Füßen. Jemand hält ihr ein Messer an die Kehle.

»Kick sie weg.«

Die Stimme kommt von jemandem hinter Leda. Ich versetze der Pistole einen Tritt und sie landet unter dem Bett, dann mache ich einen Schritt zur Seite und sehe, dass die Stimme dem Nano-Gnom gehört. Er ist so klein, dass er die Arme hoch halten muss, um Leda das Messer an die Kehle zu drücken.

»Scheiße, zum ersten Mal in meinem Leben bin ich froh, einen Freak zu sehen«, sage ich, »die Schlampe hier ist eine Informantin der Bullen.«

»Nein, mein Freund, dir fehlt der Durchblick. Sie ist nicht eine Informantin der Bullen. Sie ist DIE Informantin der Bullen. Und sie versucht, uns beide in die Pfanne zu hauen.«

Jetzt verstehe ich gar nichts mehr.

»Was soll das heißen?«

»Dass sie über jede einzelne deiner Bewegungen informiert waren.«

Der Baumpisser redet um den heißen Brei herum.

»Hör auf zu schwafeln. Erklär mir, was hier eigentlich abgeht, wenn du so gut Bescheid weißt«, sage ich.

Manuel fährt mit dem Messer unter einen von Ledas Handschuhen. Er schneidet ihn auf und lässt ihn zu Boden fallen. Dann packt er ihre Hand und dreht sie um. Auf dem Handrücken ist eine Art Schnittwunde zu sehen.

»Erinnerst du dich?«, fragt er.

Es dämmert mir langsam.

»Der Schnitt mit dem Taschenmesser, Luder27, die arschgeile Tussi, die dich am PC reingelegt hat. Du erinnerst dich? Die so Sachen labert wie ›ich führe dich in meine Tiefe‹ ... «

»Finsternis«, korrigiere ich.

»Hä?«

»Ich führe dich in meine Finsternis.«

»Ja, genau, das Sadomaso-Gedöns. Sie hat ihren Job als aufgegeiltes Chat-Luder richtig ernst genommen.«

Gottverdammt. Wieso zum Teufel weiß er vom Chatroom? Und von der Schnittwunde auf dem Handrücken? Jetzt, wo ich dran denke, fällt mir auf, dass Leda Handschuhe trägt, seit wir uns zum ersten Mal getroffen haben. Hier scheint mir einiges nicht ganz lupenrein zu sein. Ich versuche, Zeit zu gewinnen.

»Wenn du versuchen willst, mich zu erpressen wegen der Scheiße im Stadion, dann kann ich dir gleich sagen, dass du dich in der Warteschlange hinten anstellen musst«, sage ich.

»Ach, komm schon ... hör zu, ihr seid mir alle so was von egal, du, sie, selbst die Tatsache, dass du ein Naziskin bist. Momentan interessiert mich nur eins: dass sie uns mit einem Tritt in den Arsch nach Poggioreale befördern, wenn wir jetzt nicht zusammenarbeiten. Und ich habe keinen Bock darauf, mich mit einem Tritt in den Arsch nach Poggioreale befördern zu lassen. Und schon gar nicht heute Abend, an meinem Geburtstag. Du hast offenbar immer noch nicht kapiert, dass die Schlampe mit den Bullen unter einer Decke steckt und dass sie das ganze Ding von Anfang an gemeinsam geplant haben, um uns beide dranzukriegen. Sogar die Geschichte von Headlock war Teil ihres Plans.«

Wieso zum Teufel weiß er ...

»Falls du dich jetzt fragen solltest, wieso ich das alles weiß, dann kann ich dir sogleich antworten: Das ist der Grund, weshalb mich die Bullen erledigen wollen. Ich habe ihr Scheißarchiv gecrackt, ich habe einen Haufen Telefongespräche abgehört, ich habe ein Back-up aller unsauberen Geschäfte der Bullerei und ich habe die Zugangsdaten zu ihren Schweizer Bankkonten. Aber das weißt du ja inzwischen. Was du dagegen nicht weißt, ist, dass es diese Schlampe hier war, die dir den PC leergefegt hat, während du versucht hast, das notwendige Kleingeld zu beschaffen, um abhauen zu können. Ich habe euch beide überwacht. Und ich habe gewusst, dass du sie heute auf meine Party begleiten würdest.«

Der Nano-Gnom hat hackertechnisch verdammt was drauf, so viel ist sicher. Aber jetzt übertreibt er, der will uns wohl alle verarschen. Okay, mag ja sein, dass er sich die Zugangsdaten der Schweizer Konten beschafft hat, aber ins Netzwerk der Bullerei ist er auf keinen Fall eingedrungen. Ich habe drei ganze Nächte damit verloren. Da reinzukommen ist unmöglich.

»Du erzählst einen Haufen Scheiße«, sage ich, »das Netzwerk der Bullen ist geschützt und das Passwort ist mit einer 2048-Bit-Verschlüsselung kodiert. Nicht mal der Herrgott würde es schaffen, dieses Passwort zu cracken.«

Der Bastard reagiert anders, als ich erwartet habe. Er lächelt, dreht sich um und schaut Leda an. Dann sagt er:

»Sag bloß, er hat davon auch keine Ahnung.«

Keine Ahnung, wovon, denke ich. Die Schlampe kommt in Panik, weiß weder aus noch ein. Der Nano-Gnom sieht wieder zu mir und fängt an zu lachen:

»Also haben sie dich nicht nur reingelegt, sondern auch nach Strich und Faden verarscht ... köstlich ... «

Der Idiot ist ganz offensichtlich übergeschnappt. Er lacht sich einen Ast und braucht mindestens eine

Minute, bis er sich eingekriegt hat. Dann sagt er:

»Machen wir es so, das ist am einfachsten: Michelle wird gleich hier sein. Frag sie, wie ich heiße. Und dann komm runter ins Wohnzimmer, denn das muss mit Champagner begossen werden. In der Zwischenzeit kümmer ich mich um die hier.«

Mann, der ist doch wirklich nicht mehr sauber im Hirn. Ich meine, er zieht Leda am Arm aus dem Zimmer, drückt ihr dabei immer noch das Messer an die Kehle, schließt die Tür und lässt mich allein. Mit dem angeschalteten PC. Mit der Pistole unterm Bett. Ich bin ziemlich verwirrt, ein Haufen Gedanken schwirren mir durch den Kopf und ich habe schon wieder keine Zeit zum Nachdenken, denn das Flittchen Michelle, die von allem nichts mitgekriegt hat, betritt soeben mit einem Glas in der Hand das Zimmer. Es kommt noch so weit, dass ich sie tatsächlich aufs Kreuz legen muss.

»Entschuldige, hat ein bisschen länger gedauert, weil ich den Wodka nicht gefunden habe.«

»Sag mal, kannst du mir was verraten?«

»Was denn?«

»Wie heißt dein Exfreund?«

»Manuel, das weißt du doch.«

»Ja, klar«, sage ich, »aber er hat mir gesagt, ich soll dich fragen, wie er heißt.«

»Ach so, dann meint er wohl seinen Usernamen.«

»Wieso, wie lautet der?«

»Nun ... den kennt doch alle Welt: Memo.«

Memo.

M-E-M-O.

Der Superhacker. Verdammt.

Es ist immer ein eigenartiges Gefühl, das unmittelbar der Gewissheit vorausgeht, verraten worden zu sein. Und so wurde mir flau im Magen, wie nach einem Rausch, kurz bevor ich die Insel Capri verließ. Anschließend bekam ich Fieber und blieb drei Tage im Bett, bis es mir wieder besser ging. Inzwischen ist fast ein Monat vergangen. Es ist Sonntag und ich sitze in einer Bar in Fuorigrotta, zusammen mit dem Nano-Gnom. Mit Memo. Verdammt, wer hätte das gedacht, dass ich eines Tages mit einem abgefuckten Freak in einer Bar am gleichen Tisch sitzen würde. Egal, der Typ ist in Ordnung. Ich weiß nicht, wieso, aber wenn zwei Personen in der gleichen Scheiße sitzen, endet es in der Regel damit, dass die beiden sich entweder umbringen oder Freunde werden. Und ich konnte den Kerl einfach nicht ins Jenseits befördern.

»... und das Programm? Verdammt, ist dir klar, dass du mindestens eine Milliarde einstreichen kannst, wenn du es verkaufst?«

»Ich habe es gelöscht.«

»Was zum Teufel heißt das, du hast es gelöscht?«

»Ich habe es vernichtet. Es sollte mir lediglich dazu dienen, in das Intranet der Bullerei einzudringen. Kannst du dir vorstellen, was passiert wäre, wenn ihnen das Programm in die Hände gefallen wäre? So etwas hätten sich die Amis sofort unter den Nagel gerissen und damit den Rest des Planeten in den Sack gestopft.«

»Okay, okay, aber irgendwas hast du noch damit gemacht, oder?«

»Ja, schon.«

»Und?«

»Ich habe ein paar Archive gecrackt, zum Beispiel das vom Geheimdienst SISDE und das Netzwerk der NASA.«

»Und? Worauf bist du gestoßen?«, frage ich.

»Erinnerst du dich an Aldo Moro? Der von den Roten Brigaden entführt wurde? Weißt du, wer Moro umgebracht hat?«

»Ihr Scheißkommunisten«, sage ich.

»Oh nein ... « Er lacht.

»Wer denn sonst?«

Er kommt dicht an mein Ohr und flüstert mir zu.

»Heilige Scheiße«, sage ich.

Er lacht wieder und tritt die Zigarette am Boden aus.

»Verrate mir noch eins«, sage ich, »der ganze esoterische Klimbim von den Planeten, Astralbildern und dem ganzen Scheiß ... «

»Ist alles voll gültig.«

»Ach komm, bist du nicht ein linksalternativer Freak?«

»Ja und?«

»Na, ich meine, ihr glaubt doch nicht an Gott und so weiter.«

»Richtig, wer glaubt denn schon daran?«

Er lacht. Ich lache ebenfalls.

Die Dinge lagen folgendermaßen. Montale war in unsaubere Geschäfte, Geldwäsche und Mauscheleien mit der Camorra verwickelt. Memos PC-Archiv enthält sämtliche verdeckten Operationen der Bullerei, von der Entführung islamischer Terroristen bis zu den Einzelheiten der 1.-Mai-Demo, einschließlich der

Umstände, die zum Tode des Jungen mit der Motorradkette führten. Dieser Junge war tatsächlich Hauptbelastungszeuge in der internen Untersuchung gegen Montale. Aber das Wichtigste ist, dass es dem Hurensohn Memo gelungen ist, die Schweizer Bankkonten Montales zu cracken. Diese Konten sind natürlich mit hochverschlüsselten Passwörtern topgeschützt, und wenn einer das Passwort verliert, ist es definitiv futsch. Montale weiß also nicht mehr, was tun, er weiß nicht, wer ihm die Konten gecrackt hat, will aber seine Kohle zurück. Diese Scheißbullen bauen echt noch größeren Mist als die Geheimdienste. An diesem Punkt kommt Leda ins Spiel. Die Schlampe kennt Memo und ist außerdem hackertechnisch selber ganz fit. Sie findet heraus, dass es ihrem Freund Memo gelungen ist, ins Netzwerk der Polizei einzudringen, und verkauft diese Information an die Bullen. Montale packt mich und trickst mich aus, weil ich der Einzige bin, dem es eventuell gelingen könnte, Memos Maschine zu cracken.

Um sicherzugehen, dass ich keinen Scheiß baue, schicken mir Montale und sein Kollege sogar einen Hausbesuch. Und wie's der Zufall so will, der Hausbesuch trägt den Namen eines beschissenen Verräters, Jago. Aber der Scheißkerl hat Pech, denn meine Maschine ist abgesichert wie ein Panzerschrank. Daraufhin setzen sie Leda oder Luder27 oder wie zum Teufel sie sich auch nennt, auf mich an. Die Schlampe spioniert mich aus und schafft es sogar, mir eine Backdoor zu aktivieren. Dann entdeckt sie, dass ich ein paar Konten gecrackt habe, zählt eins und eins zusammen, kapiert, dass ich drauf und dran bin abzuhauen, und macht mir die Maschine zur Sau. Damit bin ich gezwungen, mit ihr die verdammte Party auf Capri zu besuchen. Doch Leda ist das Ganze inzwischen über den Kopf gestiegen, sie spielt ein doppeltes Spiel mit Montale und will mich aus dem Weg räumen. Den Rest kennt ihr ja.

Kurzum, am Tag danach war der gesamte Inhalt meines USB-Sticks im Internet zu lesen, ich meine, die ganze Dokumentation der Schweizer Bankkonten und aller unsauberen Operationen der Bullerei. Das löste einen Mordskrawall aus. Die Presse stürzte sich darauf, das Fernsehen und alle Zeitungen berichteten darüber. Die Bullen wurden unverzüglich suspendiert und die interne Untersuchung nahm gigantische Ausmaße an. Danach verschwanden die Schlampe Leda und die Bullenschweine Montale und sein Kollege. Entweder wurden sie um die Ecke gebracht oder sie sind aus Neapel abgehauen. Mir kann beides recht sein. Die Front wurde geschlossen. Jago hat von mir, Attak, Teschio und anderen Kameraden Besuch bekommen. Er liegt jetzt auf der Intensivstation und die Schläuche hängen ihm aus der Nase. Ich bin sauber. Teschios Hund hat im Stadion einen Typen angefallen und musste eingeschläfert werden. Teschio hat sich wieder einen neuen Pitbull angeschafft und nennt ihn Thor 3. Luder-Michelle sei in China oder Indien, heißt es, auf dem esoterischen Trip. Ich traf mich wieder mit dem Skingirl und wir waren eine Weile zusammen, aber dann hatte sie die Schnauze voll und sagte, wenn ich nicht zu ihr ziehe, läuft nichts mehr zwischen uns. Diese Pattsituation dauert nun rund zwei Wochen. Und während der Kellner uns zwei weitere Blonde hinstellt, fragt mich Memo:

»Was ist eigentlich aus der Geschichte mit der Frau geworden, von der du mir erzählt hast?«

»Sie sagt, sie verhängt ein Mösenembargo, wenn ich nicht zu ihr ziehe.«

»Und du?«

»Ich habe ihr gesagt, ich kann nicht, weil ich meine Maschine brauche.«

»Und sie?«

»Sie hat gesagt, ich könnte die Maschine ja mitbringen. Ich habe geantwortet, dass sie verdammt schwer ist, worauf sie gesagt hat, dann soll ich den Laptop benutzen.«

»Und du?«

»Ich konnte nicht nein sagen ... «

»Hahaha... großartig.«

Er lacht. Ich lache ebenfalls. Wir trinken unser Bier aus und er schlägt noch eine Runde vor, aber ich sage, für mich nicht, danke.

»Erklär mir noch eins: An dem Tag auf deiner Party, wenn du doch bereits alles gewusst hast, warum hast du mich die Maschine cracken lassen? Wäre es nicht besser gewesen, wenn du mich irgendwie beiseite genommen und mir die ganze Situation in Ruhe erklärt hättest?«

»Daran habe ich auch gedacht. Aber hättest du mir denn geglaubt? An das Wort eines alternativen ... oder wie heißt es bei euch? Einer ... «

»...einer linken Zecke, meinst du«, sage ich und lache.

Der Kellner kommt an unseren Tisch und räumt die leeren Gläser ab.

»Hast du die Pistole der Schlampe noch?«

Memo schüttelt den Kopf.

»Und das Messer, das du ihr an die Kehle gedrückt hast?«

»Das schon, ja, sicher«, sagt er, zieht es aus der Tasche und zeigt es mir.

»Leihst du es mir mal?«

»Klar«, sagt er und schiebt es mir rüber, »aber wozu brauchst du es?«

»Nichts Wesentliches, ich muss bloß ein paar Schläuche durchtrennen.«

»Ach so«, sagt er.

Wir stehen auf und verabschieden uns.

Ich nehme den Bus, der direkt unten am Stadion vorbeifährt. Heute ist das Spiel. Ich spüre, wie sich in mir die Lust regt, ein paar Bullen den Arsch aufzureißen. Ich berühre mit der Hand die Tasche, wo das Messer steckt. Noch eine halbe Stunde bis zum Anpfiff. Das Krankenhaus liegt ganz in der Nähe des Stadions. Die Zeit reicht gerade, um einem Freund einen Besuch abzustatten. Ich hoffe nur, dass Krankenbesuche auf der Intensivstation sonntags erlaubt sind.

*

From: SkinNewsNeapel (SN@frontskin.org)
Date: 06.01.2002 16:02
Newsgroup: newsna.skin.group

NEWS – Kamerad Jago, der Verräter, der in unsaubere Geschäfte und Geldwäsche mit der Bullerei verwickelt war, ist gestern Nachmittag infolge eines Atemstillstands gestorben. Sein Pech ...

TERMINE – Erst haben sie es so gerichtet, dass wir in der zweiten Liga geblieben sind, jetzt wollen sie uns auch noch aus der Kurve drängen. Nach den Zusammenstößen gestern im Stadion haben die Bullen Stadionverbote und Razzien angekündigt. Es muss dringend eine Sitzung mit allen Kameraden abgehalten werden. Einzelheiten in den nächsten News.

WICHTIG – Persönliche Info für den Kameraden Teschio: Wir haben die Schnauze gestrichen voll von dir und deinen Scheißkötern. Der neue Pitbull, den du dir zugelegt hast, hat meine Bomberjacke zerfetzt. Zum Glück haben sie die Front geschlossen, sonst hätte ich euch beide, dich und das Vieh, vergiftet. Hör endlich auf, dir die ganzen Scheißdrogen reinzuwerfen!

Danksagung

Ich danke allen, die schon im *Tollwütigen Hund* genannt wurden, und außerdem: Peppe Lanzetta, Davide Morganti, Andrea Santojanni, Gianmarco Scialpi, Carlos Sidra, Luca Maiolino, Ciro Marino, die Besucher meines Blogs, nicram, ?A67, Letti Sfatti, Diego De Silva, Giancarlo De Cataldo, die Jungen des Centro Sociale Chourmo, Rossella, Pardella, Kya, einemass und alle inter-rail.it-Freunde, Ratapignata, iQuindici.

Ein spezieller Dank gilt: Irvine Welsh, Jean-Patrick Manchette, Bret Easton Ellis und Nanni Balestrini für die Bücher, die sie geschrieben haben; Dizzy Gillespie für die Musik, die er gespielt hat; Spike Lee und Abel Ferrara für die Filme, die sie gedreht haben; Karl und Groucho Marx aus offenkundigen Gründen. Und natürlich Diana Coccos.

Und, wie immer, ein herzliches Dankeschön an Marco Vigevani.

http://canerabbioso.typepad.com/

zur Übersetzerin:

Bettina Müller Renzoni wurde 1961 in St. Gallen geboren und hat in Zürich, Lausanne und Siena Romanistik und Komparatistik studiert. Seit 1993 lebt sie mit ihrer Familie in der Toskana. Sie arbeitet als Übersetzerin, Scout, Lektorin einer französisch-deutschen Kinderkrimi-Reihe, ist Mitorganisatorin des Pisa Book Festivals und als Ausgleich treibt sie Ju-Jutsu und widmet sich streunenden Hunden und Katzen.

zum Verfasser des Vorworts:

Thor Kunkel, 1963 im „Kamerun", einem eher berüchtigten Viertel Frankfurts (a.M.) geboren, ist der Autor von *Endstufe* (2004), *Ein Brief an Hanny Porter* (2001) und *Das Schwarzlicht-Terrarium* (2000). Nach dem Studium der Bildenden Künste u.a. in San Francisco arbeitete er als Regisseur in London, ab 1992 in Amsterdam. Er lebt heute als freier Schriftsteller in Berlin. *Kuhls Kosmos* (Bd. 27) heißt sein aktueller Roman bei Pulp Master.

»Als Label für Entdeckungen hat Pulp Master fulminante Bedeutung.«
arte-tv/Krimiwelt-Bestenliste

»Pulp Master ist definitiv das härteste und schönste und unverbrüchlichste Label der Zunft.«
Tobias Gohlis, Krimitagebuch

»Die außergewöhnlichste Krimireihe des Landes.«
FAZ

Pulp Master 24

Gerald Kersh
OUVERTÜRE UM MITTERNACHT

Deutsche Erstausgabe
Paperback EUR 13,80
ISBN 978-3-927734-38-8

lieferbar

»Gerald Kersh (1911–1968) war der Urvater des jüdischen Krimis. Jüdisch nicht nur, weil er selbst Jude war, sondern auch und vor allem, weil er als Erster Thriller in einem jüdischen Milieu ansiedelte, zu einer Zeit, als Juden im Genre, wenn überhaupt, höchstens als obskure Nebenfiguren auftauchten.« *Michael Wuliger, Titel Magazin*

»Ouvertüre um Mitternacht ist brillant und ideenreich. Bis zum Ende ist diese Mischung aus Gesellschaftsstudie und Psychothriller ein Pageturner, der sich auch nach 60 Jahren nicht verstecken braucht.« *Thomas Kürten, Krimi Couch*

»Sehr beeindruckend und, ganz am Rande, ein gelungenes Beispiel dafür, wie ›das Genre‹ mit seinen Regeln angesichts der Wirklichkeit versagen muss.« *Dpr, Watching the Detectives*

Pulp Master 27

Thor Kunkel
KUHLS KOSMOS

Originalausgabe
Paperback EUR 13,80
ISBN 978-3-927734-41-8

lieferbar

»Kuhls Kosmos in seiner Version von 2008 ist ein brutaler Killerkosmos. Kuhl ist bewaffnet, und Kuhl schießt.«
Volker Weidermann, FAS September 2008

Thor Kunkel schafft es, zwischen Gallus-Viertel und Hauptwache ein völlig fremdes Universum zu inszenieren, das durch seine Überdrehtheit nicht weniger realistisch ist als eine gnadenlos reduzierte Black Community in einem Mosley-Roman. *Titel Magazin, Sabina Schutter*

Kuhls Kosmos ist eine brillante Melange: selbstreflektiert, juvenil und actionreich. Kurz: ein wunderbares Stück Literatur zwischen Wahnsinn und Pulp Fiction-Kino.
Martin Spieß, Financial Times Deutschland

Pulp Master 18

Garry Disher
NIEDERSCHLAG
Ein Wyatt-Roman

Deutsche Erstausgabe
Paperback EUR 12,80
ISBN 978-3-927734-37-1

Die Wyatt-Romane:
GIER
DRECK
HINTERHALT
WILLKÜR
PORT VILA BLUES

»In einer eindringlichen Sprache zeichnet Garry Disher in dem Thriller Niederschlag das düstere Psychogramm eines einsamen Menschen – schonungslos und bewegend.«
Martin Schöne, 3Sat

»Die Bücher handeln alle davon, wie dem Gangster die Grundlagen seiner Arbeit abhanden kommen. In „Niederschlag" geht es um Räuber in mehreren Entwicklungsstadien, junge, mittelalte und zwei konkurrierende Profis. Alle scheitern.« *Holger Kreitling, Die Welt*

»Garry Dishers Krimi-Personal ist durchweg übel. Jeder betrügt jeden und man stirbt meistens an Schusswunden oder fällt betäubt über eine Reling.« *Ingeborg Sperl, Der Standard*

Pulp Master 28

Jim Nisbet
DUNKLER GEFÄHRTE

Deutsche Erstausgabe
Paperback EUR 12,80
ISBN 978-3-927734-42-5

lieferbar

Der indisch-stämmige Akademiker Banerjhee Rolf hat es in Kalifornien zu einem schmucken Eigenheim gebracht; in der Biotech-Branche scheinen ihm die Türen offen zu stehen. Doch die Idylle trügt: Eine feindliche Übernahme seiner Firma kostet ihn nicht nur Job und Karriere, auch im privaten Umfeld gehen ihm gesellschaftliche Verfallserscheinungen in Person seines mit Drogen dealenden Nachbarn an die Nieren. Toby Pride, ein paranoider Kiffer und Tunichtgut, ist merkwürdig kommunikativ, seit irgendjemand unpatriotische Videopamphlete in seinen Pay-TV-Pornokanal einspeist …

In dem für den Hammett Award nominierten Noir-Thriller dominieren unberechenbare Zufälle und Chaostheorie. In Nisbets Welt schützen weder intellektuelle Überlegenheit noch Gutmenschentum vor Kollateralschäden.

Pulp Master 26

Buddy Giovinazzo
PISS IN DEN WIND

Deutsche Erstausgabe
Paperback EUR 13,80
ISBN: 978-3-927734-40-1

in Vorbereitung

James Gianelli fristet ein beschauliches Dasein als College-Dozent für Fotografie. Als ihn seine langjährige Freundin Karen verlassen will, bekommt der psychisch labile James einen psychotischen Anfall. Als er wieder zu sich kommt, liegt Karen mit Würgemalen am Hals tot neben ihm. Überzeugt davon, sie getötet zu haben, entsorgt er ihre Leiche an einem entlegenen Pier und scheint damit sogar durchzukommen. Doch James ist nicht der Typ, der lange allein sein kann. Als die hübsche Dominique auftaucht, fangen die Probleme erst richtig an, denn sie ist nicht nur ultra-cool, sondern irgendwie auch ultra-tot ...
Nach seinem grandiosen Roman *Potsdamer Platz* führt uns Buddy Giovinazzo mit einer Tour de Trance zu den Abgründen der menschlichen Seele, in den Bereich zwischen Traum und Wirklichkeit, der der Liebe immer die Dimension des Verhängnisvollen gibt.

Pulp Master 25

Paul Freeman
LASTER UND TUGEND

Deutsche Erstausgabe
Paperback EUR 13,80
ISBN: 978-3-927734-39-5

in Vorbereitung

Auf dem Parkplatz eines Shopping-Centers in Al Khobar detoniert eine Autobombe und reißt den in der Ölindustrie tätigen amerikanischen Ingenieur Duncan McCready in Stücke. Mit ihm gehen Korbflaschen mit Hochprozentigem und diverse Zuckersäcke – Arbeitsutensilien eines Schwarzbrenners – in Rauch auf. Im Königreich Saudi Arabien, wo Alkohol strengstens verboten ist, lässt sich offenbar mit der Gier der westlichen Gastarbeiter nach C^2H^5OH eine Menge Geld verdienen. Peter Maddox vom Arabian Chronicle findet schnell heraus, dass McCready illegale Pubs der östlichen Provinz beliefern wollte. Kamen ihm dabei etwa fundamentalistische Extremisten auf die Schliche oder ging es gar um einen Verdrängungskrieg unter Schwarzbrennern und Schmugglern?
Der Brite Paul Freeman nähert sich auf fremdem Terrain dem Aufeinanderprallen unterschiedlicher Kulturen.

Pulp Master 30

Buddy Giovinazzo
CRACKTOWN

Neuauflage
Paperback EUR 12,80
ISBN: 978-3-927734-12-8

in Vorbereitung

Cracktown, Endstation. Es gibt kein Zurück. Wer hier angekommen ist, den hat die Gesellschaft längst abgeschrieben. Dem bleiben nur Crackträume. So die transsexuelle Prostituierte Marybeth und ihr Mann Benny, ein Crackhead und Einbrecher, die versuchen, ein normales Leben zu führen. Oder der ultrabrutale Romeo, der mit seiner Gang die Straßen terrorisiert. Manny versucht indes, seine Familie mit Nebenjobs über Wasser zu halten, und schuftet Tag und Nacht, während sich der 10-jährige Willy eher um seine Schwester sorgt als die von ihrem gewalttätigen Lover abhängige drogensüchtige Mutter. Die allgegenwärtigen Drogen zerstören alles und jeden.
Die sich gelegentlich kreuzenden Short Cuts verwebt Giovinazzo zu einem episodenhaften Panorama der Armut und Verzweiflung, das die verbrannte Erde offenlegt, inmitten der Großstädte Amerikas.

Pulp Master 31

Rick DeMarinis
GÖTTERDÄMMERRUNG IN EL PASO

Deutsche Erstausgabe
Paperback EUR 13,80
ISBN: 978-3-927734-44-9

in Vorbereitung

El-Paso-Homeboy J.P. Morgan will nichts mit den Eheproblemen seines exzentrischen Schriftsteller-Kumpels Luther Penrose, eines Ex-Desert-Storm-Kameraden, zu tun haben. Carla Penrose sei mit einem Mexikaner durchgebrannt, heißt es, und J.P. solle sie suchen und zur Rede stellen. Als Luther in seiner Verzweiflung Profis anheuern will, lässt sich J.P. doch noch breitschlagen, den Turteltäubchen nach Vegas zu folgen. Als ihm plötzlich Kopfgeldjäger, Texas Ranger und Nazi-Schläger auf die Füße treten, dämmert es J.P allmählich, dass es hier um mehr geht als um eine bilaterale Kopulation …
Rick DeMarinis legt nach KAPUTT IN EL PASO einen weiteren schwarzen Gesellschaftsroman vor, der Hardcore mit Metaphysik versöhnt und sich abermals der US-Grenzregion im Süden widmet, wo ein Hochsicherheitszaun gleichermaßen amerikanische Hilflosigkeit und Front markiert.